その無限の先へ 2

OVER THE INFINITE

二ツ樹五輪
Futatsugi Gorin

YUKITO
ユキト
TSUNA
ツナ

MINOTAUR
ミノタウロス
CHITTA
チッタ
CHARACTERS

「あー、と、
ダンジョンマスターの
杵築新吾です」
「レーネ・ローゼスタ。
オーレンディア王国
男爵ローゼスタ家の娘です」

その無限の先へ 2

OVER THE INFINITE

CONTENTS

第一章 迷宮都市の二人

STORY

あらすじ

人並みの生活を求めて『迷宮都市』に辿り着いたツナとユキ。

見たこともないような種族が闊歩し、立ち並ぶ建物は王都でもないような高層建築物。ギルド会館はコンクリート製で、目の前にはコンビニすらある。おまけに公用語は日本語だ。

明らかに自分たち以外の日本関係者が存在し、街を作り上げたとしか思えない。

あらゆる物が常識外のこの街で、二人は冒険者になるための登竜門『トライアルダンジョン』に挑む。


ツナとユキの二人が目指すのはトライアルダンジョン初回攻略。

同伴者の猫耳獣人チッタにゴブリン肉を食わせ、コボルトの大軍を褌で凌ぎ、オークとの戦闘の最中にオーク肉を食う。そして迎える第四層。お気楽な試練と思われたトライアルから一変し、二人の前に熟年冒険者のリザードマンが立ち塞がる。

大人げない強さで迫る先輩冒険者を何とか攻略し、残るのは最終フロアとなる第五層。

ダンジョンでは死んでも蘇る。それは死を前提とした戦いを求められるということだ。いかに登竜門とはいえ、そのハードルは高く大きく立ちはだかる。

これは始まりですらない、その前段階。スタートラインに立てるかどうかの試練だ。

過去の初回挑戦死亡率100%という極悪な難関を、二人は越えることはできるのか。


諦めても構わない。死んでも次はある。この無限に続く挑戦の中で、本当に必要な物は何か。

二人が冒険者として生きるための最初の試練の幕が上がる……。

トライアルダンジョン階層図

Trial dungeon hierarchy figure

第一章「迷宮都市の二人」

閑話「スキル」

「ツナさんとユキさんのお二人は、アクションスキルという言葉はご存知でしょうか」

講師の吸血鬼、ヴェルナー・ライアットはそんなことを言った。

初心者講習の後半、スキルについての説明の際のことだ。

僅《わず》か数時間前のことなのに、一ヶ月くらい前のことに思えるのはここまでの体験が濃密であったからなのだろう。おっさんとか強かったしね。

俺とユキだけに限定するということは残り二人の受講者……フィロスとゴーウェンには無意味な問いかけということだ。つまり、二人がそれを知っている前提ということだな。

迷宮都市に一ヶ月程度滞在していれば知っていて当然、もしくはトライアルとやらで覚える事項なのだろう。

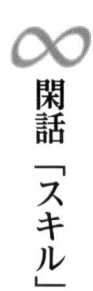

「アクション……っていうくらいですから、能動的に発動させるスキルのことでしょうか」

ユキが答えるが、語感からしてそういう類《たぐい》のものだろう。俺も同じ印象を持った。

俺が現在持っているスキルは持っているだけで力を発揮するものだ。発動させるために何かをする必要はない。

だが、コマンド入力型のＲＰＧのように、発動に何か特定のトリガーを必要とするスキルがあってもおかしくはない。

見たことはないが、魔術士さんたちが魔法を使う場合はきっとそんな感じになるんだろうと思う。

……ひょっとしたら、教会の神父さんたちがステータス見せてくれる時にも何か使ってるんだろうか。

「意味合いとしてはそうなります。アクションスキルといっても種類は多いのですが、その中でもウェポンスキル、武器で発動する技のことなんですが、これが冒険者にとって一番深く関わってくるスキルになります」

切り札とか必殺技ってことかな？　使ってる人は見たことがないが、希少なスキルなんだろうか。

「攻撃力を一時的に増幅して堅い相手の防御を抜く、あるいは特殊効果を持つスキルなどで戦術の幅を広げるわけですね。それが使いづらいスキルだとしても、そういうスキルを習得している、いざとなれば発動できるという余裕が生まれます。特に前衛は、これを一つ覚えているだけでも確実に戦術の幅が広がります」

強力で便利な力があれば、それに至る組み立ても必要となる。そうすれば、普段の戦い方から変わってくるだろう。

信頼の置ける力を一つでも持っていれば、余裕も生まれ、戦況判断がしやすくなるということだな。

「外から来る冒険者でも稀《まれ》にこれを習得している人がいます。そういう方はやはりトライアルの突破も早いですね。他のスキルと違い、使い方を知らない人もいるわけですが」

そりゃもったいない話だな。

でも、迷宮都市に来ればこうして教えてもらえる。自分でも知らない切り札が有効になるということで、急激に強くなることもあるだろう。

「武器で使用する戦闘スキルを習得できるかが、主に前衛の戦士系冒険者が最初に躓《つまず》く壁と言われています」

「ちなみにそれはどうやって発動させるものなんですか？」

「色々方法はありますが、簡単なのはそのスキルを使用するという意思を持ってスキル名を発声することです。発動条件を満たしていればこれだけで発動しますね」

ゲームやアニメでいう必殺技のようなものか。

叫ぶの恥ずかしいかもしれないが、戦闘で恥ずかしいとか言ってられないし、色々方法があると言っているのだから発声しない方法もあるんだろう。

「俺とユキに聞いて、フィロスたちに聞かなかったのはトライアルとやらで覚えるってことですかね？」

「ちょっと違うね。僕もゴーウェンも現段階ではアクションスキルは持っていない」

否定の言葉はフィロスからだった。

「トライアルでは敵モンスターがアクションスキルを使用してきます。見る機会は第二層あたりからになるでしょうか」

敵さん側だけ必殺技があるってことか。

「といってもトライアルではそう強力なスキルは使ってきません。そういうものがあるということだけ覚えておくといいでしょう」

「冒険者はいつ頃使えるようになるもんなんですか？」

「ピンキリですが、前衛ならLv 10に到達する頃には大抵習得します。目安で言うなら、大体無限回廊の第十層のあたりを攻略している頃でしょうか。先程話したケースのように、トライアルが始まる前に習得している人もいますが、それは独自の訓練を行っている人かよほど才能がある人でしょう」

フィロスたちが習得していないということは、それがなくてもトライアルは突破できるということだ。

騎士という戦闘職に就いていた奴が習得していないんだ。外でそんなものを習得している奴は相当レアだろう。

なくてもオーク程度ならなんとかなるっていうのは、俺自身が証明済みだしな。

「ちなみにどんなスキルを習得するかは個人の資質によるところが大きく、それによって使用する武器種も変わってきます。武器技を習得するということは、その武器に適性があるということですからね。稀に適性のない武器を使用している人もいるので、そういう人は要注意ですね」

「要注意っていっても、適性なんて曖昧なものは一朝一夕で調べられるものじゃないと思いますけど」

「別の講義になりますが、それを調べる方法もあります。デビューが確定したら魔術適性と一緒に調査することになりますよ」

そりゃすごいな。どんな才能があるのか調べられるのか。

「次にアクションスキルの逆、パッシブスキルですが、こちらは冒険者でなくても大抵の人が習得しています。《剣術》や《算術》などのように保有しているだけで本人の能力に補正を与えるものがパッシブスキルと呼ばれています。基本的にこれらのスキルは常時発動していることになりますが、中には条件を満たした段階で初めて発動するものも……」

第四層のボス部屋の出口に向かいながら、俺はふと初心者講習でそんなことを言っていたのを思い出した。

発動に魔力が必要な《マテリアライズ》、《看破》もこの分類なら自分で能動的に発動させるアクションスキルだ。

そして、先程の戦いでおっさんが使い俺が習得した《パワースラッシュ》もアクションスキル……剣の武器技だ。

通常、これをどのくらいの時期に習得するものなのかは分からないが、おっさんの言うことを信じるならトライアル時点で習得している奴はあまりいないのだろう。

実際におっさんに放ってみて体感したが、アレは溜《た》め時間や硬直時間はあるものの、威力はまさに必殺技と言っていい。実に頼りになる力と言える。

そんなものをトライアルで使うんじゃねーよと言いたいところだが、俺が習得できたのはそのおかげもあるのだろう。

この先……第五層を攻略するにあたり、これは強力なアドバンテージになるはずだ。

ユキじゃないが、トライアル初回攻略を目指す場合、間違いなく要《かなめ》となるだろう。

初回攻略を完遂すれば、俺の生活もリッチなものになるだろうしな。

ささやかで平凡な願いだが、少しでも良い生活ができるならそのほうがいい。

一日一食の麦粥《むぎがゆ》が一日三食になるより、三食ともあの定食のようなものが食べられるほうがいいに決まっている。

人間らしく生きるためには栄養が必要なのだ。

∞ 第六話「ルーキーの壁」

ボス攻略後の広場は、これまでと変わらずワープゲートと階段のみの使い回し的な構造だった。

俺たちがボス部屋から出てくると、先行していたチッタさんが出迎えてくれた。

「おー、クリアしたかニャ。ここで脱落する奴らは多いから、ちょっと心配してたニャ」

やはりここが最初の難関。挑戦者の実力をふるいにかけるポイントだったのだろう。

だが、チッタさんの中で想定していた難易度と、俺たちが体験した難易度は随分と違うものなんじゃないだろうか。

ボスが全部あのおっさんだと、合格率がめちゃくちゃ下がるんじゃないだろうか。少なくとも二層、三層で手こずるような奴なら瞬殺だ。

「で、どうだったニャ。規定時間と同じくらいだったけど、倒せたりしたかニャ？」

「倒しましたよ。《看破》のスキル貰《もら》いました」

あと遺影。いらんわ、こんなもん。

「すげーニャ。ここを撃破で通過するかどうかで、デビュー後の評価が変わってくるらしいからニャ。ちなみに《看破》はデビュー後すぐに買えるようになるスキルニャんだけど、下級冒険者からするとかなり高いから、ここで手に入れられたのはお得ニャ」

うむ、金に関わる話はすごく得した気分になるな。

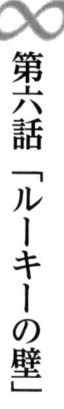

「これって、見えるのは名前とＨＰだけなんですか？　看破っていうわりにはしょぼいような気がするんですけど」

「もっと上のスキルがあるニャ。厳密には《看破》とは違うけど、説明面倒臭いしここでは意味ニャいから省略ニャ。でも、それだって有用なスキルだし、毒とかの継続ダメージも分かるから、あるとないとではかなり違うニャ」

そうか、ＨＰの減り具合でさっきおっさんが喰《く》らった毒とかの継続ダメージの確認ができるのか。となると、逆に相手に自然回復能力があるかどうかも分かるな。

どれくらいダメージを与えたか、ＨＰが残りどれくらいなのかを知ることができるというのも大きい。戦術が組みやすくなる。

「これで、相手が《隠蔽《いんぺい》》や《偽装》スキルを持ってたりするとまた話は変わってくるけど、それはまだ先の話ニャ」

「ちなみに、チッタさんの時は第四層ボスは倒せたんですか？」

「無理だったニャ。ウチの今の団長、副団長含む六人で、一匹のトカゲから逃げまわってクリアしたニャ。あちしらの時もリザードマンだったんニャけど、トライアルの段階だとリザードマンが持ってる種族スキルの《ハードスキン》を抜く攻撃力がなかなか確保できないニャ」

あの鱗《うろこ》のことだろうか。……種族専用スキルでもあったんだな。硬いわけだ。

《パワースラッシュ》なら簡単に切り裂けたが、それ以前の有効ダメージはほとんど毒だ。

俺もユキも攻撃は当てていたが、ちゃんとダメージが通っていたかどうかは怪しい。

ノーダメージってことはないんだろうが、例えばＨＰ500の相手にチマチマと1ダメージずつ与えるより、リスクはあろうが必殺技で50ダメージを通すほうがいい。

大体、おっさんのような元々からしてリスクを覚悟しないと勝てない相手なら、博打《ばくち》が打てるだけでも随分と違うだろう。それはこれから挑戦する第五層ボスにも言えることだ。

「かといって、次のももっとヤバイんニャけどニャ。……あちしたちはここまでで六ヶ月、ここから六ヶ月の訓練が入ってようやくトライアルをクリアしたニャ。だから、ここを一発でボス撃破して通過するお前らは、素直にすげーと思うニャ。ゴブリン肉を真顔で食うのはもっとすげーと思うけどニャ」

それは欠食児童の必須スキルだから大したことねーよ。

……しかし、そう考えるとこの猫耳さんは随分期間をかけてるんだな。本人は普通より遅いと言っていたが、それくらいかかる人もいるってことだ。

まあ、失敗して鍛え直すにしても、戦闘って単純に筋トレしてなんとかなるって類《たぐい》でもないから大変だよな。場合によっては大きく意識改革が必要なケースもありえるし。

再挑戦するにも、大して変わってない状態で挑むのは愚行だ。それだけ時間がかかったというのも分からないでもない。

「さて、どうせこのまま第五層に行くと思うけど、どうするニャ？」

「そりゃ行きます」

ユキは間髪いれずに答える。

お前はどうなんだと、チッタさんが俺を見るが、答えは変わらない。

「俺もさすがにここで帰る選択はないです。ここまで来たら初回クリア目指しますよ」

「そうかニャ。まあそんな甘いわけじゃニャいけど、頑張ってみるといいニャ。お前ら見てると案外突破するんじゃねーかって気にならないでもないニャ。それに、ここまで来て第五層見ずに帰る冒険者はほとんどいないらしいからニャ」

言われてみたら、誰でも第五層覗《のぞ》くくらいはするか。んで、大抵脱落すると。

第三層までならともかく、おっさんとの戦いを体験した今だと、フィロスの言ってた洗礼がどんなもんなのかちょっと怖くなってきた。

「それじゃ、あちしはここでお別れニャ」

「え、最後まで同行しないんですか？」

「そういう決まりニャ。まあ、最後は保護者なしで頑張るのが試験ってことニャ。ちなみに第五層ボス戦に一度でも挑戦すれば、次からは同伴者は必要ないニャ」

最終ボスの部屋まで到達してしまえば、もう未体験ゾーンは存在しないわけだから、不要にもなるか。

わざわざテラワロス以外の同伴者を探す手間が省けるというのはありがたい。

……できれば無用になるルールと思いたいけどな。

「それじゃ帰る前に、最後になるけど何か質問あるかニャ」

「あ、じゃあ気になってたんですけど、『ニャ』の位置がいまいち安定しないのは、キャラ付けが固まってないからですかね？」

「うるせーニャ！　最後まで失礼な奴らニャ!!」

俺の言葉にプンスカ怒りながら、チッタさんはゲートへと消えていった。

残念ながら質問は打ち切られてしまったらしい。

◆◇◆

チッタさんとも別れていよいよ最終層の攻略だが、その前に準備である。

第五層の情報がないので、階層移動したらいきなりボス戦というのもありえるのだ。《看破》をはじめとするスキル群の検証、練習くらいはしておきたい。

幸いここはモンスターも出現しない安全地帯だ。検証も練習も存分にできる。

「まず、《看破》についてだけど、アイテムは対象外だね。名前も分からない」

人間などの生物のみが対象ということだ。ひょっとしたらモンスターじゃない動物とか、冒険者以外の一般人も対象外かもしれないが、ここでは検証できない。

アイテムの情報を確認するのは《鑑定》なんだろう。ダンジョンに入る前にチッタさんが言っていた気がする。

「どんな効果があるのかをイメージした上で、スキル名を思い浮かべれば起動もできる。ただし《マテリアライズ》もそうだけど対象がいないと不発に終わるみたいだ」

まあ、当たり前のことではある。対象なしじゃ何を《看破》するんだって話だし、元のカードがなければ実体化させようもないだろう。

「《パワースラッシュ》は？　さっき見てた感じだと、相手いなくても発動するみたいだけど」

「対象は敵じゃなくて剣なのかもな。ただ、いまいち発動が安定しねえ」

《パワースラッシュ》は自由度の高いスキルらしく、大抵の剣の軌道に合わせて発動が可能だ。斬り下ろしでも横薙《な》ぎでも関係なく発動できる。

発声なしでも発動できることも確認した。だが、《看破》と違い、こちらは発動しないこともある。

「自分の考えてる斬撃のイメージとズレたら不発になる。逆に、発声起動だと不発にはならないが、無理やり体を動かされてる感じだな」

発声ありなしで、特性が違う。

発声ありの良い点は確実性。叫べば確実に撃てるが、いくつかパターンがある剣筋に無理やり引っ張られる感じだ。相手が慣れてたら軌道を読まれる危険がある。

発声なしの良い点は自由度。ある程度剣の軌道を操れる。ただし、その軌道に合わせたイメージが難しい。不発の危険性もある。

慣れてきたら発声なしの一択だな。けど、痛みでイメージできない状況だとまた話は変わってくるかもしれん。

「僕も何か武器技を覚えてればよかったんだけどね。……発動前の溜《た》めと、発動後の硬直はどんな感じ？」

「上手《うま》く言い表せないな。……完全に動けないわけじゃなくて、体の可動域が制限されているような感じだな」

体の柔軟性が足りなくて、前屈ができないようなそんな状況に陥る。

外から力を加えるなどすれば、無理やり動かして動かないことはないんだろうが、体がストッパーをかけているようにも思える。

自分から動くのは厳しそうだ。

「無理すれば動けないかな？　モーションの途中でキャンセルとか」

「格ゲーかよ。でも、かなり訓練すれば、溜めと硬直の短縮はできそうな気はする。ただ、今日明日じゃ劇的な短縮は無理だな」

「これからの最終戦には間に合わないか」

多分、これはレベルに関係ない純粋な技術だと思う。あるいは《剣術》スキル。

トカゲのおっさんも硬直時間はあったが、今の俺よりは短かった。今のままだと、正直トドメ以外には使いづらい。

この後、負けて再挑戦することになるなら優先的に練習したいな。一週間あれば結構変わりそうだ。

「《パワースラッシュ》で斬撃を出した場合、どれくらい威力があるかって分かる？」

「正確な値にするのは難しいが……この手応えからすると、威力は同じような構えから出す攻撃の

20％増くらい。剣速はかなり速い。あとは多分、硬直以外に再使用時間みたいなものがあるな。しばらく出せない」

スタンドアローンのＲＰＧでよくあるような、毎ターン同じスキルを連発するということができない。

ＭＭＯ－ＲＰＧで多く見られるリキャストタイムのようなものだろう。長いやつだと一日単位で再使用できないスキルとかあったよな。

「ＭＰ消費はないいんだよね？　ＨＰ消費も？」

「魔法のカテゴリじゃないいんだろうな。かといって、ＨＰ消費して使うってわけでもない。これだけがそうなのか、武器技は全部そうなのかは分かんねーけど」

ＭＰ消費する《マテリアライズ》や《看破》はこの分類だと魔法だ。

ただ、おっさんが使ってた魔法は、発動時にMagicってメッセージが出ていたから、厳密には違うのかもしれない。

「二つ以上の技があったら、硬直キャンセルしてコンボ出せないかな」

「できそうではあるけど、今の段階じゃ検証のしようがねーな」

アッパーからキャンセルして繋《つな》げられればいいんだが。

「じゃあ、《看破》でキャンセルできたりしないかな？」

「技出す度に《看破》するのかよ」

かなり奇妙な絵面だ。

ちなみに、試してみたが、やっぱりできなかった。

ただ、硬直中だろうが、溜め時間だろうが関係なく《看破》は使えることは分かった。そう頻繁に使うものでもないからあまり意味はないんだが。

「ちなみにお前の新スキルはどんな感じなんだ？」

「《小剣二刀流》と《小剣術》はかなり補正掛かってる気はする。武器のせいかもしれないけど、《剣術》より強力に掛かっていると思う。これ、カテゴリの範囲が小さくなるほど、補正が強くなるんだろうね。小剣だって剣のカテゴリに違いないから効果が重複しそうだけど、体感だけだとちょっと分からないね」

重複するなら、近いカテゴリである《剣術》と《小剣術》の二つを保有していることには大きな意味があるだろう。

「《アクロバット》は体を動かしやすくなって、無理な体勢が取りやすくなった。バク転も普通にできそう。やったことないけど、トリプルアクセルとかできたりして」

フィギュアスケートかよ。

「《空間把握》はどれくらいの距離まで攻撃が届きそうとか、相手の攻撃の届く距離とか、そういう距離感が分かりやすくなった感じかな。トカゲのおじさんとやり合えたのは確実にこれらのおかげだね」

実際、あの戦いの中で目に見えて動きが変わったからな。

確実に俺にはできない動きだ。ユキと一対一で戦った場合、今はまだ何とでもなる気がするが、しばらくしたらいい勝負になりそうだ。変幻自在の動きで翻弄《ほんろう》されそう。

「でも、やっぱり火力はないから、最終戦はツナの《パワースラッシュ》が肝になるかな」

「やっぱ、最終層のボスは硬いのが来るのかね。数が多いとかの可能性はないか？　第三層のゴブリンチームみたいなの」

「予想にしかならないけど、一体だと思うよ。強力な個体が一体」

「なんか根拠でもあるのか？」

「だから予想だってば。根拠っていうわけでもないけどさ、……第一層から第三層は気にしてなかったんだけど、第四層のボス戦、おじさんが例外的に強かったのは置いておくとして、あれが半分くらいの強さでも後衛がソロで突破できるような気がしないんだよね。どうしても足止めできる前衛が必要だよ」

あのおっさん足速かったしな。

魔法使いがどんな感じで戦うのかは知らないが、暢気《のんき》に呪文唱えてる暇はなさそうだ。弓使いでも厳しいと思う。

やはりここからはパーティ内の役割分担が重要となってくるのだろう。

「だから、第四層以降はソロとか、少人数で攻略することを想定してないんじゃないかな。運営側が想定しているノーマルなプレイだと、あそこで一回死ぬ想定なんじゃない？　で、時間を置いて作戦練って、チッタさんが言ってたみたいな役割の違う仲間を揃《そろ》えて六人とかで挑戦って流れ。〝力を合わせて強い敵を倒しましょう〟的な？」

「第五層ではそれが更に顕著になると？」

「そうじゃないかなって。あと、ゲーム的な視点だと、人海戦術してくるボスってあんまりいないよね。いくらここがチュートリアル的なダンジョンとはいえ、そういう絵面的に見栄えがしないのはないんじゃないかな、ってお約束」

このダンジョンにゲーム知識が多分に組み込まれてるのはほぼ確定だから、お約束って線はありそうな気はする。

ＲＰＧのボスも一体がスタンダードで、体の部位ごとに行動するとかで行動回数稼ぐパターンが多いよな。あとはせいぜい手下が数体とか。一ターンに七回行動してくる奴も、あれ融合体だし。

「じゃあ、何が出てくると思うよ。どうせなら晩飯でも賭けるか？」

「賭けるの？　別にいいけど……。ツナはどんなのが出てくると思う？」

「登竜門ってくらいだから、門番って意味でケルベロスとか？　ガーゴイルってのもあるし、意表をついて阿吽《あうん》の仁王像とか出てきたりしてな。動く石像みたいな」

でも、自分で言ってでなんだが、一般的なイメージだとガーゴイル以外は勝てる気がしない。

飛んできたらガーゴイルもヤバイ。

「じゃあ、そのどれかだったらツナの勝ちでいいよ。賭けの対象はご飯の支払いで、負けたほうは見てるだけにしようか」

「そりゃひでえ」

例えば今日食べた定食だが、あれを目の前でただ見ているだけって状況になったら確実に泣くな。

耐えられない。

「じゃあ、お前の予想は？」

「ミノタウロス」

単勝一点買いである。強気だな。

「随分はっきりと答えやがったな。何か確信してるのか？」

「勘。……でも、これまでのボスの傾向から、二本足の人型種ってのはそう外れないと思う。ボスってことで順当にいくなら大型の。で、それを前提にして、ボスになりそうなモンスターって何だろうって考えると、ミノタウロスとか、オーガとか、目からビーム撃たないサイクロプスとか」

なぜサイクロプスだけそんな指定を入れる。わざわざ補足しなくても、アメコミ以外のサイクロプスは怪光線撃たないと思うぞ。

「でも、創作物で中盤あたりのボスとして、主人公の成長の試練になるような戦いでミノタウロスが出てくるイメージが強いんだよね。ＴＲＰＧでも序盤のボスに使われることが多いし……なんでだろう？」

「なんかデカくて強そうだけど、後半の強敵として出すには地味だからじゃないか？」

ＲＰＧでは、後半に出てくるようなボスキャラは作品の独自性を出してくるだろうから、その弊害だろう。

序盤はインパクト狙い、後半はオリジナリティをって感じで、登場するチャンスが雑魚《ざこ》敵か中盤しかない。

間違いなくパワーファイターだから、対策を覚えるための練習台って意味もあるのかもしれない。原典であるテセウスの話もミノタウロス退治が一番有名なのには違いないが、その後も話は続くわけだし、登竜門ってイメージ自体は間違ってないと思う。

ミノタウロスでも何でもないが、黄金の鎧《よろい》を着た十二人の中で実質的な一番手だったあの人のイメージが混ざってるのかもしれない。牛だし。

ただ、人型ってのは確かにありそうだな。これまでのも全部二足歩行の人型だし。運営……ギルド側が狙って揃えてる可能性も十分にある。

「ミノタウロスかどうかは分からんが、二足歩行の大型が出てくるとして、大きさ的に3メートルオーバーとかだろ。勝てる気がしないんだが」

実際、巨体がもたらす威圧感とパワー、重量は脅威だ。いくら俺がでかいほうとはいえ格が違う。ステータスがあるからまだマシだが、それが絶対の数値でなく物理法則がある程度働いてる以上は、体がでかいというだけで十分脅威である。

冒険者側にも言えることだが、種族的な身体機能の違いは大きい。さっきのおっさんもそうだが、純粋な身体能力だけなら人間って最下位に近いんじゃねーか？

加えて、ミノタウロスが持ってるイメージが強い両手斧《おの》とかハンマーもその体格に合わせたものになるだろう。怖いってレベルじゃない。

「もし予想が当たったらツナがダメージソースなのは間違いないね。僕の攻撃は軽いし」

「トカゲのおっさんに使ってたような忍者道具はないのか？　ニンニン」

「もう品切れ。できるだけ温存しておきたかったんだけど、出し惜しみできる状況じゃなかったでござるよ。ニンニン」

実際の戦闘で出し惜しみとかなかなかできないよな。あの煙玉だけでもあれば色々戦術も変わってくるんだろうが、ないものねだりをしてもしょうがない。

「ローグの基本は出し惜しみはしないことだしね。このダンジョンがローグ的かっていうとかなり疑問が残るけど」

「ローグってのとは全然違うのか？」

「というより、他の要素が強過ぎてローグっぽくない。ＭＭＯとか、ＭＯやスタンドアローンでもいいけど、普通のＲＰＧの印象のほうが強いよ。死ぬとアイテムロストなどのペナルティ喰らって地上送還とかだって、別に珍しくないでしょ。ランダムダンジョンはそれっぽいけどさ」

「元々はそうだったけど、アップデートで要素が追加されたんじゃないか。月次であるんだろ？」

「それっぽいよね。あの斜め読みだって、いつ書かれたものかは分からないから。でも、気をつけることは大体同じだと思うよ。

・できる限り情報は用意する
・神経質なほどに慎重に
・アイテムの出し惜しみはしない
・まだ行ける・・・はもう危ない

っていう感じで」

なるほど、セーブポイントがないのなら確かに正論だ。

ただ、それを聞いてとても気になることがある。非常に重要なことだ。

「言ってることは分かるが、お前、ほとんど実践できてなくねぇ？」

ここに来る前に情報収集とか全然してないし、誰も一回でクリアしたことのない最下層に挑もうとしてるし。

「てへ。いやー、トライアルってこともあるからね。できてないのは自覚してるよ。ペナルティありとか、デビュー後に何にも影響ないとかだったらもっと慎重になってるけど、ここはリスクとってもリターン狙いたい。デビュー後とか、ここで死んだりしたら、普通の攻略スタイルにするよ」

「分かっててやってるなら別にいいけどな。実際にほとんどリスクはないわけだから、リターン狙いは歓迎だ。俺も良い生活がしたいし」

ここで頑張れば後々良い暮らしができるというのであれば、そりゃ、疲れたり痛かったりの多少のリスクくらい許容するさ。

今までの人生はハイリスク・ノーリターンばっかりだったんだから。

◆◇◆

階段を下りるとボス部屋だった。

正確に言うと、一目でボス部屋と分かる巨大な扉があった。

「なるほど、ここでこのまま突入して死ぬのがパターンというわけだね」

最終層に来たら目の前にはボス部屋。ただし、両脇には別の道がある。

〝なんか強いらしいから勝てないだろうけど、どんなのか見ておきたい〟とか考えていたらそのまま突入しそうだ。

チッタさんが言っていた、同伴者不要のシステムも関わっているだろう。

ボス挑戦が条件だったら、とりあえずその条件を満たそうとする奴がいてもおかしくない。

「ゴールが近くにあるなら手を出したくなるよな。しかも実質的なリスクはほとんどないわけだから、とりあえず突っ込むと。……行かないよな？」

「そりゃそうだよね。探索してからでも遅くないでしょ。まだ新しいスキルには慣れてないし」

「雑魚敵が出現するなら、練習したいしな」

相手がいるのといないとでは、同じスキルの訓練でも結構差が出てくるだろう。

「じゃあ、可能な限り探索で。……具体的には食料が尽きるまで」

「……俺の懐にはゴブリン肉のカードが大量にあるんだけど」

「僕は持ち込んだ保存食がまだ結構あるから、ゴブリン肉はツナが食べていいよ」

なんてこった……。この世に神はいないのか。

「あー、ユキさん。僕たち仲間ですよね」

「じゃあ行こうか」

「ちょっとユキさん!?」

俺の相方は血も涙もねーのか。

それから俺たちは最終層の探索を開始した。

石造りの遺跡のような構造で、分かれ道も曲がり道も大体直角。だが、これまでの一本道とは違って分岐が多い。ちゃんとした迷宮だ。

敵も第四層までに出てきた雑魚敵とは違い、強力になっている。ゴブリン、蝙蝠《こうもり》、狼《おおかみ》もどきに加え、コボルト、オークまでいる。しかも持っている武器が多彩なため、油断はできない。

《看破》で確認してみると、洞窟蝙蝠、ハウンドドッグという名前も判明した。ゴブリン、コボルト、オークはそのままだ。持っている武器が異なっていても同じ名前である。ここまでの道中で遭遇したモンスターのうち、おっさんとゴブリンリーダー以外は勢揃いである。

……あまりおっさんが雑魚モンスターとして登場することは考えたくないな。

道中で結構な数を虐殺して、少数のポーション、予備武器を手に入れた。中にはカードではなく実物で出てきたものもあったので、それを優先して使用する。

肉はほとんど出ない。これまでのドロップ率は、ルーキーにそのまずさを教えるために補正が掛かっていたのかもしれない。

俺とユキの連携も現時点での完成に近付いている。

スキルや武器の引き出しが増えればまた違うのだろうが、相手のやること、望んでることを先読みしてフォローをする体制が確立されてきた。

細かい部分のフォローをユキがやってくれるので、俺は大胆な行動が取れる。

《パワースラッシュ》発動後の硬直時間も大体ユキの世話になることが多い。ここら辺は課題だな。発動する戦況判断とタイミングが難しい。

ドロップした武器はすべてトライアル用の武器だ。上等な部類なのは助かるが、このダンジョンの外には持ち出せないいし、装備の面でこれ以上の強化は見込めそうにない。

こうして考えるとユキの持ち込み装備は多彩だし、毒ナイフも強力だ。俺も独自性が欲しい。

……使い道のなさそうな手錠以外で。

「この〈トライアル・スピア〉とかどうしようか」

ユキが持っているのは槍《やり》だ。雑魚として出現するコボルトが使っていたものが退治後そのままドロップした。

ドロップするものを俺たちが選べるわけではないから、使えなそうなものも当然落ちる。

第五層は通路もボス部屋も広いだろうから槍の取り回しに困ることはなさそうだが、いかんせん俺たちのどちらも経験がない。

「使えないことはないが、無理に使うようなものじゃねーな」

ものは試しということで使ってみるが、どうも俺はしっくり来ない。ユキも同様らしい。

「お前、《投擲《とうてき》》持ってるんだろ？　投げてみたらどうだ」

「うーん、やったことはないけど、ちょっと練習してみようか」

ユキが主に投擲するのはナイフなど小型の武器だ。

だが、レベルアップの恩恵を受けて、これまでは力が足りないから使えなかったものも使えるようになるかもしれない。


槍で普通には戦わずに投擲だけで倒してみようという試みだ。

「ふんっ！」

予《あらかじ》め足の骨を折って身動きを封じた状態のオークに、ユキの投げた槍が突き刺さる。

オークはその身に複数の槍を突き刺され、もがきながら死んでいった。……実験のためとはいえ、ひどい絵面である。


「いけるんじゃね？」

ゴブリンは一発で死んだが、オークでも三、四発直撃させれば死ぬ。

俺の場合は斬ったほうが早そうだが、ユキの小剣よりはダメージが大きいだろう。

「無理じゃないけど、まだちょっと力が足りない。あと、命中率はさすがに落ちるし、どうしても投げるまでに時間もかかるね」

そりゃナイフに比べたら格段に大物だからな。しょうがない。

ユキの予想通り、最後のボスが大型種なら使う機会もあるだろう。何が出てくるか分からない以上、手札は一枚でも多いほうがいい。

テスト用に実体化させてしまった槍はともかく、カードは持っていてもいいだろう。

ゴブリンやコボルトなどを実験台に試行錯誤を繰り返しながら迷宮探索を続ける。

だが、迷宮は想定していたよりもかなり広く、分岐路も多い。このままだと構造を忘れそうだ。どちらの方向を向いているかくらいなら感覚的に分かるんだが。

「ユキ、これマッピングしたほうがいいんじゃねーか」

「まだ記憶してるから大丈夫だけど、そうだね、一応描いておこうか。ちょっと前にあった大部屋に戻ろう」

俺たちは来た道を戻り、広めの部屋でこれまでの情報を整理する。ユキは座って地図を描いているが、俺は立ったまま警戒だ。

ユキが地図を描いているのは手製の植物紙に手製のペンで、手製の小さい手板まである。量産はできなかったらしいが、この場面でポンと出せるあたりこいつはすごいと思う。

「うーん。こうして描いてみるとまだまだ広そうだね。ひょっとして、この階だけランダム構造なのかな」

「トライアル攻略のためにレベル上げする場所って考えるとありえそうだな」

「どれくらいでレベルが上がるのかも確認が必要だね。経験値とかちゃんと溜まってるのかな」

ここまでのレベルアップはすべてイベントボーナスである。経験値制ならそろそろ上がってもらいたいんだがな。

「地図描くのはもうちょっとかかるから、ご飯食べてていいよ」

「確かに腹は減ってるが、食欲が湧かないな……」

なんせもうゴブリン肉しかないのだ。この層に来て一つだけオーク肉も出たが、既に腹の中である。

「僕ももっと食料持ち込めばよかったかな。ツナは不自由ないだろうけど」

「お前は勘違いしてるみたいだが、俺にも味覚はあるからな。不味《まず》いのを許容できるだけで、美味《うま》いほうがいいのは変わらないぞ」

とはいえ、聞く限りでは俺以外でここの肉だけ食って過ごせる奴はあまりいないのだろう。確かにそういった面で有利なのは認める。

「でも、カレー粉あればまったく問題ないんじゃない？」

「いや……うーん」

カレー粉は大抵のものを摂取可能にしてしまう魔法の粉である。

蛇やネズミなどの臭い肉でもカレー粉を付ければ食えるなんて話は聞いたことがあるが、ゴブリン肉の凶悪な風味も消せるのだろうか。

……完全に風味を消すのは不可能だろうが、俺なら案外大丈夫そうなのが嫌だ。ともあれカレー粉は偉大である。カレー食いたい。

「あと、もうあんまり水がないね」

「そいつは死活問題だな」

実は水についてはは何度かドロップしている。ただ、ポーションと同じ瓶に入っているので量が少ないのだ。容器が同じものなので、実はポーションの外れドロップ扱いなのかもしれない。

持ち込んだわけでもないので、実はかなり逼迫《ひっぱく》している。このままだと、食料よりも水の切れ目が探索の限界になりそうだ。

節約のためにゴブリン肉もそのまま咀嚼《そしゃく》だ。この不味さを水で流し込めないのはつらい。あまり考えたくないが、次回挑戦する場合は水や食料についても検討する必要があるな。水分は嵩張《かさば》るから量は持てないだろうが、カードで売ってるかもしれない。値段次第かな。

「他の冒険者は嵩張る必需品をどうやって運んでるんだろうな」

「水とか食べ物ってことだよね。……どうなんだろう。カードでも売ってるんだろうけど、あんまりコストパフォーマンスは良くないだろうし。テントとか寝袋だって必要だよね？」

旅をするなら馬車に載せたり馬に括《くく》りつけたりという手段もとれるが、ここはダンジョンだ。

水や食料、ユキが言った寝具の他にも必要なものは沢山ある。地図や筆記用具、松明《たいまつ》やカンテラなどの照明、ここに入る前に言っていた水没ダンジョンなら雨具、水着や防水処理された袋だって必要になるだろう。武装もそうだが、インナーの替えも必要だ。魔法使いのことは詳しくないが、魔法の発動にMP以外の触媒やスクロールが必要になる可能性だってあるだろうし……ポーション以外の医療器具や薬が必要になることだってあるだろう。ダンジョンアタックが長期になれば、必要なものは膨れ上がる。

「やっぱり、そういう荷運び専門の人がいるんじゃない？　ドロップアイテムだって全部カードで出るわけでもないし」

　やはりそれが自然だろうか。

「となると、必然的に六人パーティのうちの何人かを非戦闘員にする必要が出てくるわけだよな」

「そうだね。そう考えると六人って意外とシビアかも。チッタさんみたいないわゆる盗賊役だって必要だし、地図描く人だって必要だし」

　その役割に人数を割かれると戦闘職の人数が減ってしまう。ゲームなら戦闘メインで考えるが、実際にダンジョンを探索するならサポート要員は必須だ。

「戦闘要員でそれぞれそういう役割を分担してもいいんだろうけどね。料理作る人とかも」

「飯作る奴も必要か？」

「保存食だけで考えると荷物多くなるし、現地調達できるならそのほうがいいんじゃない？　……ここはゴブリンとかオークばっかりだからツナくらいしか自活できないけど」

　俺だって嫌だよ。ゴブリン肉のスープとか出されても全然嬉《うれ》しくない。

「俺もお前みたいに色々できればいいんだがな」

「色々できるのも大事だと思うけど、戦闘に特化してるってのも重要だと思うよ。ダンジョン探索で戦闘なしってちょっと考えられないしね」

　そりゃそうなんだが……俺は不器用だからな。こうして地図を描くユキを見ていると、余計に痛感させられる。

「それに、謎空間に沢山のアイテムをしまえる《アイテム・ボックス》のスキルがあるかもしれないし、魔法で飲料水を出せるかもしれないしさ、そこら辺は先輩たちがどうやっているかと併せて調べないといけないいね」

「……だな」

チッタさんいれば聞けるんだが、もう帰っちゃったしな。

「……よし、できたよ。じゃん！」

と、話しているうちに地図が完成したらしい。

「どれどれ……、なんかやたら上手いな」

ある程度の構造が把握できればいいと思っていたのだが、ユキの描いた地図は想像以上に立派なものだった。

定規があるわけでもないのに線は真っ直ぐだし、何より分かりやすい。

なぜか紙の端にユキのデフォルメキャラらしき絵もある。何描いてんだこいつ。突っ込んだほうがいいのか？

「地図はまた別の技術のような気もするけど、前世から絵は得意だったからね」

糸人間しか描けない俺からしたら、こういうものが描けるというだけで上等だ。

「全体の規模が分からなかったからスカスカだけど、大体の構造は分かるでしょ」

「上等上等。こういうサポート技能は本チャンの攻略が始まっても役に立つんじゃねーか？」

五層へゴー!!

「……どうだろうね。この程度で役に立つかどうかは分からないけど」

そりゃ本職に比べたら劣るんだろうが、意味ないことはないと思うけどな。

「ここは平面だからいいけど、階段とか使った立体構造だと地図に起こすのはちょっと難しいよ」

「それは専門技能あっても厳しくないか？　ＣＡＤ使って立体地図作るようなもんだろ？」

「迷宮都市だとありえそうな気がするのがな……」

ありそうだな。まあ、それはデビュー後に、他のサポート技能と併せて調べていくべきことだ。

「で、次はどこらへん調べるよ」

「この真ん中の空白が多分ボス部屋で、その周りは大体終わったから、一回端を確認したいな。行けるところまで外に向かって進もうか」

ユキが指す空白部分は、確かにそこへ繋がる通路の無かった場所だ。

俺は適当に歩いていたつもりだったが、ユキはこの空間に沿った進路を選んでいたらしい。

ここがあの巨大な扉から繋がるボス部屋だとしたら、その広さにも納得がいく。

「それはいいけど、水がなくなる前に戻れるようにしろよ」

空腹もそうだが、喉カラカラの状態でボスに挑むとかしたくない。

だが、その杞憂《きゆう》もしばらく奥に進むと必要なくなった。

飲用できる水が湧いてる水飲み場があったのだ。おそらく、訓練用に設置されてるものなのだろう。

女神像が持っている瓶から水が溢《あふ》れて下に溜まっているので、よくＲＰＧに出てくる回復の泉のようにも見えるが、飲んでみたらただの水だった。

ポーションの空瓶に入れて持ち運ぶこともできそうだ。

残念ながら、これで長期戦確定になってしまった。

ユキの持っている食料にもよるだろうが、こいつは初回攻略の確実性を上げるために限界までレベリングをするつもりだ。

俺がゴブリン肉をすべて消費するまで、ユキは先に進むことを許してはくれないだろう。

「ここは安全地帯っぽいね。探索始めてから結構経《た》つけど、疲労とか大丈夫？」

このトライアルダンジョンに入ってから数時間が経過している。

ここはトラップもないし、敵も弱いからさほどでもないが、本格的なダンジョンになったら数時間ごとの休憩は必要だろう。

「俺のほうは気にしなくていい。ほとんど睡眠なしの一週間連続行動の経験もあるからな」

「どういう状況だよ、それ」

色々事情があるんだよ。

「むしろお前のほうは大丈夫なのか？」

「体力はあるほうだけど、この分だと戦闘ありの連続探索は十時間くらいが限度かな。それ以上になるとどこかで本格的に休憩が必要だと思う」

あと一、二時間時間ってところか。

「別に寝てもいいぞ。ボス戦は体力が万端の状態で挑んだほうがよくないか？」

「今回はできればこのまま行きたいね。食料の不安もあるけど、緊張感と集中力が途切れるのは避けたいから」

そういう考え方もあるか。この先、何時間続くか分からないならともかく、ゴール自体は見えてるわけだしな。

「とりあえずここを拠点にして、広げていく形でマッピングしていこうか」

ボス部屋の前からは若干距離があるが、水場もあるしそれが正解だろう。


こうして拠点を確保した俺たちは、スキルの最適化・検証を行いつつ、ダンジョンのマッピングを続ける。

最初はこの拠点を取り囲む範囲から始め、徐々に探索域を円状に広げていくと全体的な構造が分かるようになってきた。

全部を探索したわけではないが、壁の位置から判断するに、このフロアは中心にボス部屋を置いた正方形の構造になっているらしい。

食料の問題から時間内ですべてを探索し切るのは不可能だし、その必要もないのだが、基本的に未踏破のエリアを中心に探索を続けていく。

さっきの水場のように、何かしら好材料が見つかるかもしれない。食料が見つかれば最高だ。

そして、しばらくするとある転機が訪れた。

「ツナ」

「なんだ」

「レベルが上がった」

……マジで。

「え、……俺は？」

まだ上がってないんですけど。

「第五層に来てから雑魚モンスターを倒した量が、僕のほうが少しだけ多いからかな」

ということは、パーティ内で均等に経験値が分散しているということはなさそうだな。

トドメを刺した奴に経験値が入る仕組みだろうか？　……それだと、サポート職が不遇極まるな。

チッタさんはモンスターを倒せばレベルが上がると言っていたので、モンスター撃破は必須条件だろう。

モンスターから何か出てて近いところにいれば経験値を回収しやすいとか。……それだと後衛が不遇だな。

もしくはパーティの貢献度によって割合が変わるとか……だろうか。どうやって判断するかは分からないが、実際の戦闘行動に合わせて分配される仕組みというのはありえる。

「まさか、必要経験値量に個人差とかないよな。レベルが上がりづらい体質だとか」

「ツナがレベル上がりづらい体質ってこと？」

それは勘弁願いたい。ここまでのボーナスがあるので、上がらないってことはないと思うが。

その心配はすぐに払拭《ふっしょく》され、それから数匹モンスター倒すとお馴染《なじ》みとなったシステムメッセージが視界に映る。

[レベルアップしました]

超シンプル。ファンファーレもない。

ともあれ、これで雑魚戦でもレベルが上がるということは確認できた。

「ボーナスでレベルが上がった時に経験値がリセットされてると仮定しても、大体三十体くらい倒す必要があるね」

結構きついな。レベルが上がるにつれて必要経験値も上がるだろうから、次はもっとのはずだ。

あるいは、適正レベルを超えると経験値が入りづらくなるシステムの可能性もある。

「この階層ってあんまりモンスターと遭遇しないからな」

コボルトやオークなど種類は増えたが、エンカウントする頻度は第四層よりも少なくなっている。

フロアが広いのと、迷宮構造になっているのが原因だろう。

……いっそ、遭遇したモンスターが仲間を呼んだりしたら数は稼げそうだが、今のところそういう行動を取ってくる様子はない。

「次のレベルアップまでに倒した個体数で必要経験値の上がり幅も分かるから、それで区切りつけようか」

「食料の残りから考えると、レベルを上げられるのはあと2か、3くらいだな」

モンスターを倒すだけなら問題ないが、エンカウント率からいってもそれくらいが限界だろう。

ちなみにこれまでのレベルアップでステータスの上昇以外の恩恵はない。スキルとか覚えられるとよかったのだが、この分だとLv10まで上げてもなさそうだ。

ステータスの恩恵だけでも、平均してダンジョンに入る前の20%～30%増しくらいになっているので、それは贅沢《ぜいたく》かもしれないが。

こうして、俺たちは淡々とマッピングとレベル上げを続ける。


次の転機が訪れたのは、食料の限界が見え始めてきたのでそろそろ戻ってボスに挑戦しようかという頃だ。

宝箱を発見した。固定配置ではない初の宝箱だ。未踏破エリアを中心に探索したかいがあったというものだ。

「宝箱……。第三層だけじゃなかったんだな」

「そうだね。なんか攻略の足しになるものが入ってると助かるんだけど」

と、期待はしてみたものの、中身は見慣れた〈低品質ポーション〉のカードだった。

これで俺とユキでそれぞれ二本ずつ確保できたため、まったくの無意味ではない。

だが贅沢を言えば、ボス戦に向けた必勝アイテムでも入ってると尚《なお》よかった。ダイナマイトとか入ってたら完璧だったのに。

「じゃあ、もう少し余裕はあるけど戻るか」

この辺の探索はほとんど終了している。未踏破エリアをメインに探索するならもっと離れる必要があるが、残りの食料を考えると厳しいだろう。

区切りには丁度良い。

「……ユキ？」

「…………」

俺は来た道を戻ろうとするが、ユキはその場に立ち止まって考えごとをしている。

「どうした？　何か必勝法でも見つかったか？」

まだ見ぬボス相手に必勝法もないだろうが。

「……第三層でさ、チッタさんが宝箱の近くはモンスターが湧きやすいって言ってたよね」

「言ってたか？　……言ってたような気もするな」

生宝箱を前にした感動で聞き流してた気もする。正直、あんまり覚えてない。

実際、今も複数のモンスターが近寄ってきている気配がするので、間違いじゃなさそうだけど。

「ここなら、あと1か2レベルくらい上げられないかな」

「……モンスターが宝箱に集まる習性を利用してか。確かにそれなら1レベルくらいならいけそうだな」

話しながら、背後に迫ってきたゴブリンを斬り捨てる。

斬れ味が落ちているのでほとんど鈍器になっているが、こいつら相手なら予備の武器を出す必要もない。

「うん、いいかもね、ここ。絶好の稼ぎ場所だ」

最初の戦闘でちょっとビビってたとは思えないセリフである。逞《たくま》しく育ったね。

「えらい数が近寄ってきてるな。乱戦にならないか」

遠くから聞こえる足音と、気配の数はかなり多く感じる。

「二手に分かれよう、通路は丁度二つだからそれぞれ塞《ふさ》いで抜かせないように」

「処理しきれないくらい出てきたら？」

「どうしようもないなら逃げる。一応地図渡しておくよ」

「お前はどうするんだ？」

「僕は暗記してるから大丈夫。最悪逸《はぐ》れることになったらボス部屋の前で合流ね」

その可能性は考えたくないな。

どっちかが死んで、一人でボス挑戦になったりしたら目も当てられない。

と、丁度、モンスターの群れが双方の通路からやってきた。予想したよりかなり多い。

「じゃあ、健闘を祈るよ」

「ああ、ヤバそうだったら声あげろよ」

「はは、そうだね」

今度はヘタレないようだった。

そうして最後のレベル上げを始めたわけだが、モンスターは想像以上に絶え間なく湧き続けた。道中はそれほど現れなかったのに一体どこに隠れてたんだよ、という規模のモンスターの波をひたすら狩り続ける。

◆◇◆

その数が時間が経過するごとに増えていき、通路は大渋滞だ。

魔化に時間がかかるなら、あの部屋は死体で埋まっていただろう。

床はドロップ品で埋め尽くされている。もったいないが、そのほとんどはゴブリン肉だ。いくつかはポーションなどもあるんだろうが、選べなければただ邪魔なだけだ。

ただ、実体としてドロップするものもあるので、落ちていた剣を拾って持ち替えたりもする。無数の血と油に塗《まみ》れた武器を交換できるというのはありがたい。

そして、問題はゴブリンやオークなどがドロップする体の部位だ。カードならいいのだが、実体で腕だけ、脚だけ、内臓だけドロップすることもある。

邪魔になるだけで大した実害はないのだが、ひたすら不気味だ。死体そのものよりマシとはいえ、それが山になれば気持ち悪い。

「キモッ！　なんで腕ばっかりこんなに出るんだよっ!!」

後ろのほうでユキが叫んでいた。俺も同感だ。腕もそうだが、内臓とか超キモイ。

ゴブリンたちの中にはその落ちた腕を投げつけてくる奴もいる。お前らはその行為に疑問は感じないのか。

血が流れているわけでもないし、大して臭《にお》いもないからマシだが、そうでなかったらここは今頃地獄絵図だろう。

「ユキっ！　そろそろマジでやばいっ！　タイミング見計らって離脱するぞっ!!」

「了解！　丁度レベルも上がったよ！」

あれ、でもここからどうやって抜け出せばいいんだ？

通路はモンスターで埋まっている。死体が残るわけじゃないから、俺は高速で切り払っていけばなんとかなりそうだが、ユキの火力でそれは……。

「てりゃあっ!!」

チラリと横を見るとユキが飛び上がり、壁を蹴ってモンスターの中へと飛び込んでいくのが見えた。

そのまま埋もれてしまうかと思ったのだが、ユキは器用に壁とオークの体を足場にして通路の奥へと移動する。

……なんかあいつすげえな。

「ツナっ!!　予定通り入り口で合流するよ！」

通路に消えていく中、ユキの叫ぶ声が聞こえた。

ユキの塞いでいた通路からもモンスターが入り込んでくる。このままだと俺は圧殺だ。

「……ユキは心配いらないみたいだし、俺は俺で突破するか」

壁蹴りやモンスターを足場にする器用さは俺にはない。ここは強引に突破させてもらうとしよう。

「うらあっ！　どけっ!!」

俺は正面の通路に向かい、強引に突進する。

正直、強引過ぎる一手だったと思うが、無理やり突破した。


通路を逆走して第五層の入り口まで戻ると、へたり込んだユキの姿があったので、俺もその横に座り込む。

お互い、極度の疲労と空腹で倒れそうな状態だった。

「じ、地味に危なかった……。なにあの数。モンスターハウスか何かなの？」

「あの宝箱、モンスターにしか聞こえないアラームでも鳴らしてるんじゃねえか」

なんか人間に聞こえない超音波とか。じゃないとありえない量だった。特に飛んでくる蝙蝠がヤバイ。群がられた時は死ぬかと思った。追いかけてくるんじゃねーよ。

結局、俺たちのレベルは10まで上がっていた。一体何体倒したというのか。正直数える暇なんてなかった。

「あーちくしょー、腹減った」

これだけ空腹だと、ゴブリン肉でも恋しくなってくるのが不思議だ。これからボス戦だというのに、その肉もない。……腕拾って食えばよかったかな。

だが、空腹で座り込んだ俺に、ユキがおにぎりを差し出してきた。

「はい。一枚しか拾えなかったから、半分こね」

「え……お前、あの乱戦の中で拾ってきたのか？」

確かに床には沢山カードも肉も落ちていたけど。

「咄嗟《とっさ》だったからこれだけだよ。これからボス戦だってのに、お腹減ってたら力出ないし」

……こいつ、色々すごいよな。しかも、大量にあった肉のカードじゃなくて、ほとんどなかったおにぎりを拾ってるのがすげぇ。

二つに分けられたおにぎりを、噛《か》み締めるように一口ずつ食べる。よく考えたら、十五年ぶりくらいのおにぎりだ。

喉を通った米が食道を伝い、空っぽの胃に落ちていくのを感じる。空腹の影響もあるだろうが、染みわたるような美味《うま》さだ。

現金なもので、たったおにぎり半分でも一戦くらいはなんとかなりそうな気がしてきた。

「さて行くか、ここまでやったんだから勝つぞ。でも、勝っても負けてもすぐに飯食いに行くからな」

「賭けは覚えてる？」

「…………オボエテルヨ」

どうしよう、忘れてた。この空腹の状況でただ見てるだけとか拷問に等しいんだが。

死んで復活したら腹一杯になってるとか、そういうことないかな。

……よし、二足歩行の大型だとしてもミノタウロスじゃなかったら、「駄目ですぅ～、外れですぅ～」ってゴネよう。ウザさで誤魔化すんだ。

そう誓いながら、ボス部屋の扉を二人で開ける。

最後だから少し拘《こだわ》りを見せたのか、その扉は巨大でいかにもこの中にボスがいますという雰囲気だ。これまでのボス部屋とは違う。

中は暗闇。そして、扉が完全に開いた直後、入り口付近の松明から順に燃え始め、徐々に部屋の中を照らし出していく。

最後だけ凝り過ぎだろ。……これじゃ、本当にラスボス戦じゃねーか。

俺たちは一度お互いを見て頷《うなず》き合うと、一緒に部屋の中へ足を踏み入れた。

◆
◇
◆

足を踏み入れたフロア内は、荘厳《そうごん》かつ重厚な、魔王が玉座に待ち構えててもおかしくない場所だった。

これまでのボス戦と同様、入ってきた扉はすでに消えている。もう、引き返すことはできない。

魔王の玉座はないが、装飾された床と壁、一定距離でそびえ立つ柱一つ一つに彫刻が掘られており、王族がパーティをしてもおかしくないような豪華さだ。

照明は残念ながらシャンデリアではなく松明で、ホールの全周と柱に多数設置されている。だが、ここがパーティ会場でないことは、俺たちの正面にある巨大な鉄格子付きの門からも明らかだ。

ここは、例えるなら闘技場。

観客席もない、ただ、魔獣と人間を戦わせるために作られた闘技場だ。

ボスが登場してくるであろう巨大な門はまだ開け放たれていないが、巨大な、地鳴りのような足音が近付いてきている。

「うん、賭けに勝ったかも」

「いや、まだだから。まだ出てないから」

明らかに巨大な質量が移動している。足音から二本足であることも分かる。

門の鉄格子が開き、奥の暗闇から一体の巨大な生物が、のそり、と姿を現した。

圧倒的に巨大な体躯《たいく》、その手には両手斧、二本の足で立っているが立派な角を二本生やしたその顔は牛のものだ。


――ミノタウロスである。


その姿を見せただけで、圧倒的威圧感がホール全体を覆った気がした。

まだ対峙《たいじ》すらしていないのに、全身から冷や汗が吹き出すのを感じる。

……やばい。やばい。やばい！

賭けとか、そんなこと言ってる状況じゃねぇ。


斧の石突《いしづき》を地面に突き立てると、それだけでここまで地響きが伝わってきた。

扉の前で直立して両手斧を構えるそれは、目算でも間違いなく4メートル超え。俺の倍以上の身長だ。下手したら5メートルに届きそうな巨体である。

かつて見たことのない巨体、全身を覆う鋼のような筋肉の圧倒的質量は、立っているだけで恐ろしい威圧感を放っている。

冗談じゃない。身長が倍になれば威圧感は倍どころじゃない。しかもただでかいだけではなく、体格も筋肉もこれまで見たことがないレベルで大きいのだ。

完全に予想を超えていた。


並のルーキーなら一度は挫折する、平均なら六ヶ月はかかる、という情報から最大限まで上方修正していた予想を容易《たやす》く裏切られた。

無数の実戦経験を持つ俺でさえ、足が震えている。生物の本能が逃げろと叫んでいる。

あんなもの、常人なら対峙しただけで心が折れる。

「は、……はは、賭けは僕の……勝ちだ、だね」

「悪い。……軽口叩《たた》ける状態じゃねぇ」

分かってる。ユキだってまとわりつく恐怖をなんとか振り切ろうとして語りかけてきたのだ。

だが、それを返す余裕もなく、頭の中はあの絶望の象徴とどう立ち向かうのかで一杯一杯だった。

俺たちはこれからあの超生物と戦わなければならない。……どうやって？


ミノタウロスは、ゆっくりとホール中央に向かって歩いてくる。その巨体は動く山に等しい。

俺たちはその場から一歩も動けずにそれを見つめていた。

あの巨体相手に一体どう戦う。

パワーがあるのは間違いない。あの斧が振られたら掠《かす》っただけでも甚大なダメージだ。ならスピードは？　あの重そうな巨体に期待して鈍重であることを期待する？　いや馬鹿な。そんな根拠のない期待に縋《すが》ってどうする。ゲーム的なステータスで補正が掛かっている以上、むしろ、あの巨体でリザードマンのおっさんと同等に動くことすらありえるはずなんだ。だったら四層と同様、ユキに遠距離で観察してもらって弱点・対策方法を探る……いや、俺が前に出るのか？　俺が前に出てあれと打ち合う？　できんのか。できるわけねぇだろ。あの斧を剣で受けたら一発で俺ごと木っ端微塵《みじん》だ。躱《かわ》せって？　このプレッシャーに耐えながら？　冗談だろ……


ミノタウロスが、ホールの中央に到達したその時だった。

奴はその場で立ち止まり、こちらを見据えて、大きく息を吸い……。

「まずいっ！　ユキっ！」

まずい。まずい。来るのが分かっても対処ができない。あれは二層のやつなんかとは比べ物にならないものだ。

ダメだ、来るっ!!

――Action Skill《獣の咆哮《ほうこう》》――

ミノタウロスの大きく開かれた口から放たれる咆哮。

ホール全体が反響音で振動し、照明の篝火《かがりび》が大きく揺らいだ。

第二層でオークが使ったそれと同じスキルであるはずなのに、それはまるで、それ自体が質量を持ったモンスターであるかのように襲いかかってきた。

――威圧効果のレジスト失敗――

――状態異常・恐怖が発生――

瞬間、世界が色を失った。

「あ、ああ……」

巨大な絶望が近付いてくる。あまりの恐怖に脚が動かない。呼吸の仕方を忘れてしまったように息もできない。

逃げなくちゃいけない。逃げないと死ぬ。……どこに？　入り口は消えた。逃げ場なんてもうないじゃないか。

このホールで逃げまわっても、すぐに追いつかれて、あの斧で真っ二つにされて、あの巨体で踏み潰《つぶ》されて、グチャグチャのミンチにされて終わりだ。

「は、はは…は……」

もう駄目だ。このまま何もせずに殺されて、トライアルの挑戦は失敗。

……そうだ、トライアルだ。今回駄目でも次があるし、実際みんなそうやってる。そもそも、初回クリアなんて無謀だったんだ。

このまま俺もユキも殺されて、地上に戻って、賭けに負けたからユキが飯食うのを断腸の思いで眺めて「残念だったな、次頑張ろうぜ」って言うんだ。

『攻略自体は難しくなかったよ。初心者への洗礼は受けたけど』

これが難しくない？　冗談だろ。洗礼ってレベルじゃねーよ。

『お前ら見てると案外突破するんじゃねーかって気にならないでもないニャ』

うるせー、ふざけんなよ。そんな簡単なものであるかよ、これが。

『お前ら日本出身だろ？　ダンジョンマスターの同郷ならそりゃ期待大だ。どんなすげぇ国かは知らねぇけど、それだけで何かやってくれそうな気がする』

何期待してんだよ、おっさん。こんなのどうしようもねえだろ。あんたの中の日本人はどんな化け物だ。人種とかまったく関係ねーよ。

登竜門がこれで、じゃあ、本チャンは一体どんな地獄だってんだよ。

『はい。一枚しか拾えなかったから、半分こね』

……ああ、でも、二人で頑張ろうって決めたんだ。ここで諦めて何もせずに終わってどうするよ。

次があるから諦める、なんて甘い考えだから、六ヶ月かかるのが当たり前だとか言うんだよ。だから、あの猫耳は一年とかかけてるんだよ。

たとえ死ぬんだとしても、次は勝てると確信できる何かを掴《つか》まなくちゃ、一歩も進めるわけがねぇ。

死ぬなら前のめりでスライディングだ。限界まで手のうち暴いてからだ。

それが、死んでも許されるシステムで前に進むための、やらなくちゃいけない最低限だ。

見上げると、ミノタウロスはすぐそこに迫り、斧を振りかぶっている。こっちが動けないことが分かっているのか、動きはゆっくりだ。

その姿は、未《いま》だ恐怖に縛られている目には実物の数倍もの質量に膨れ上がって見えた。

元々子供と大人なんて体格差じゃない。それは幻覚で更に膨張して、山が伸《の》しかかって迫ってくるように見える。

10メートルはあるんじゃないだろうかというほどに巨大に映るそれを前にして、まだ脚が動かない。


動け！

せめてファーストアタックくらい避《よ》けないで、どうやって次勝つんだよ。

心が叫び声をあげるが、体が言うことを聞かない。システムで決められた状態異常に逆らえない。


——本当に？


「……ぉ……」

……いや、違う。逆らえるはずだ！

「……ぉおお……」

俺は知っている。この恐怖を知っている。これは、既に乗り越えたことのある危機だ。

故郷の山の中で、たった一人であの豚共とやりあった時だ。あいつらのリーダーらしき派手な奴と対峙した時に同じ状況になった。

あの時はどうした。体は動かなくて、声しか出せなくて――

――大声をあげたんだ。

「うぉぉおおおおおおおおっっっ!!」

雄叫《おたけ》びと共に、恐怖の呪縛が弾《はじ》け飛んだ。世界に色が戻ってくるのを感じた。

そうだ、二回目だ。できないわきゃねぇ。

だが、ミノタウロスの斧は既に振り下ろされ始めている。

大丈夫だ。体は動く。避けられる。

迫る巨大質量を全力で避けようと脚を踏み込む。あれは掠っただけでもまずい。

だが、意識だけが引き伸ばされたスローな世界で、ほんの僅《わず》かな時間視界に入ったユキは、未だ恐怖に縛られていた。

俺が躱してても、このままだとユキは間違いなく死ぬ。

「つんくそぉっ!!」

踏み出しかけた脚を無理やり逆方向に捻《ひね》り、動けないユキの体へ突進する。

ユキを抱きかかえて飛び退《の》き、斧の一撃は辛うじて躱す。

斧が破壊した床が弾け飛び、無数の巨大な石片が舞う。それは俺たちの体を激しく打ち、吹き飛ばした。

「うぉあああっ!!」

空中で何回も回転し、地上に落ちて尚《なお》転げ回りながら、俺たちはその攻撃を回避した。

「立てっユキ!! 寝てんじゃねーぞっ!!」

石片を大量に打ち付けられ既にボロボロだが、大丈夫まだ立てる。戦闘には支障ない。

「ご、ごごめん」

「返事ができるなら大丈夫だな」

絶体絶命のとんでもないピンチだったが、無理やり回避した。

「何もせずにやられるなんて恥ずかしい真似《まね》はしねぇぞ。あいつの能力、行動パターン、スキルの
どれか一つでも多く情報を収集しろ」

「あ、はは、……うん、分かった」

どうやら大丈夫のようだ。

突進が効いたのか、怒鳴ったのが効いたのかは分からないが、もうその目に〝恐怖〟の影響は見

られない。

「なるほど、確かにあいつは壁だ。……初手で全滅寸前だったが、乗り越えるぞ」

これまでのボス……各層の試練は試練でもなんでもない。ただの準備運動だ。

こいつが、……この目の前の絶望の象徴こそが、冒険者になるための最初の試練だ。

第七話「最後にして最初の試練」

正直心のどこかで舐《な》めていた。迂闊《うかつ》だった。慎重になっていると思い込んでいた。ハードルを低く見積もり過ぎていた。

一層では、あまりの雑魚《ざこ》の弱さと、ボス部屋のふざけた仕様に出鼻を挫《くじ》かれ、二層、三層と攻略していくうちにユキの緊張も解け、システムを理解し、階層ボスを蹴散らした。

四層では、本来ありえないはずの強敵と対して、これを打ち破った。

本来、年単位で習得するはずのスキルをいくつも習得し、レベルアップして、迷宮都市の外では手に入らない力を手に入れた。ギリギリまで敵を狩り、当初の想定よりも準備ができた。

だから、案外なんとかなるんじゃないかって、心のどこかで思っていた。

相手は情報もなにもない。ただ強いとだけ言われた敵なのに。

「んなくそっ!!」

嵐のように振り回される巨大な斧《おの》を、可能な限りの距離を離して回避する。

それは見た目通りの巨大な斧であり、鈍器でもあり、柄の部分でさえもはや鉄柱を振り回されているのと変わらない。

あんなものの前では俺のＨＰは紙同然で、当たれば骨なんか粉々に砕け散るだろう。

回避しても、余波で巻き起こる強烈な風が通り抜ける度に、一層の恐怖を駆り立てていく。

それが床に打ち付けられる度に石片が飛び、足場が崩れていく。石片は俺の体に無数の傷を作り、崩れた足場は次の回避を困難にする。

そうして避けても相手の動きは止まらない。また同じように間接的なダメージが蓄積されていく。

一度も直撃していないのに、俺は既に満身創痍《まんしんそうい》だ。背中を滝のように流れ落ちるのは冷や汗なのか、それとも石片で付けられた傷から流れる血なのか。

「うらあああっ!!」

大振りで発生した隙に全力で剣を打ち込む。

それはＨＰの壁に阻まれて、奴の肌へ届くことはないが、《看破》により僅《わず》か数ミリ、数ドットでも減っていることが確認できる。実際にドット表示なのかどうかは知らん。ちょっとだ、ちょっと。

攻撃を通しても、あまりに変化のないその状況に萎《な》えそうになる。俺の放つ直撃よりも、相手の石片による間接攻撃のほうがダメージがでかい。

俺のＨＰバーはドット単位じゃ済まないレベルで減少しているだろう。すでに０になっていることすらありえる。

たとえ僅かだろうが、《看破》で奴のＨＰが減ってることが分からなければ心が折れるところだ。

俺の攻撃は奴の行動を一切阻害できていない。ほとんどハイパーアーマー状態だ。構わず突っ込んできやがる。鎧《よろい》も着ていない肌がむき出しの状態のくせに、一体どんな防御力だ。

ミノタウロスは床にめり込んだ斧を持ち上げようとするが、そのタイミングで、どこから現れたのかユキが斧の上に着地する。相変わらず神出鬼没な奴だ。

ユキの軽い体重では持ち上げるのを止めることなどできないが、上から掛けられた力でほんの一瞬だけその動きが止まった。

俺はその瞬間を狙い、ミノタウロスの死角へと移動する。

「こっちだよっ!!」

斧の上を跳ねたユキがその勢いでミノタウロスの顔面近くまで跳躍し、その二刀を以《もっ》て顔を斬りつけて注意を引き付ける。

さっきまで恐怖に縛られていたとは思えない動きだ。

ダメージはほとんどなかったはずだが、顔を斬られたという事実に驚愕《きょうがく》したのか、ミノタウロスは呻《うめ》き声をあげる。

これ以上ないタイミングで発生した隙に合わせ、俺はミノタウロスの脚に剣を放つ。


――Action Skill《パワースラッシュ》――


それは見事に脚にクリーンヒットし、僅かに蹌踉《よろ》めかせることに成功する。

さすがにHPだってドット単位ではないレベルで削れた……はず。削れてないとキツイ。

これが、現時点での俺たちの最大火力だ。

この巨大質量が舞う嵐のような攻撃を一発も直撃されずに、あと何回クリーンヒットさせればいいのか。この攻撃でどれくらいHPを削れるかによってこの後の展開が決まる。

「うおっ!!」

《パワースラッシュ》の技後硬直で動けないところにミノタウロスの蹴りが飛んできた。トカゲのおっさんと同じようなアグレッシブさだ。その巨体でふざけんなって感じだ。

掠《かす》りながらもギリギリ避けるが、超あぶねぇ。当たってたら終わってたかもしれん。

掠っただけでも大ダメージだ。石片のものも合わせて俺の全身は傷だらけ。いたるところから出血している。

だが、まだ直撃だけは喰《く》らわずにいる。

ここまでの交戦で得た情報をもとにあいつの能力を評価する。

パワーはどうしようもない。あの斧をまともに喰らったら即ピチュンする。刃以外の部分でもアウトだろう。

それに加え、斧で破壊された石片がまずい。破片の軌道がランダムかつ、数が多過ぎてほとんど面攻撃になっている。すべてを回避するのは困難だ。

小さいものなら打撲程度で済むが、ものによってはレンガのような大きさの石片が飛んでくるのだ。

一方、スピードは確かに速いが想像を超えるほどではない。トカゲのおっさんがブーストした状態と同じくらいだ。

加えて、いくら速くても攻撃が大振りだから隙はできる。おっさんのように一切攻撃が当たらないとかそういうことはない。攻撃自体は……当たる。

最大の問題は、あの異常なまでの防御力とＨＰだ。《パワースラッシュ》の直撃を喰らっても、目算ではゲージ全体の10％も削れてない。ちなみにこれはここまでの合計値だ。

つまり、一撃喰らったら即ゲームオーバー、オワタ式ボスバトルを数十回繰り返し成功させれば俺たちの勝ちだ。

……無理だな。

俺の体力もＨＰもそこまでもたない。このままだとジリ貧で、いつか絶対に直撃を喰らう。何か、違う攻撃手段が必要だ。それも早急に。

だが、この極限状態の中でそれを考えろと？

ギリギリのところを斧が掠めていく。

おっさんと同じようなアグレッシブさで、蹴りやタックルも織り交ぜてくるこの状況をどうやって打破しろと？

いくら柔よく剛を制すとかいったって、ここまでの体格差は想定してないだろ。投げようにも、そもそもそこまで近付くことが困難だ。あと、あいつ腰ミノしか着けてないから柔道技は無理。

気分は監獄で巨人と対峙《たいじ》する世紀末救世主だ。ただし一子相伝の究極拳法はない。


そんなアホなことばかり考えているうちに、体力を削られ、思うように体が動かなくなってきた。段々危ない局面も増えてきている。

俺、ここまでで何回避《よ》けたかな。すごいぞ、俺。頑張れ、俺。

「ツナ、ボロボロだけど、まだいける？」

斧の暴風の中、僅かに発生した隙間を使って大きく間合いを取ると、ユキが話しかけてきた。

「いける。いかせる。何でも来い。今の俺は無敵だ」

血塗《まみ》れでなに言ってんだという感じだが、虚勢を張らないと意識がもたない。

つまり、実はもうヤバイ。

「あの牛の防御を突破するには、より強い攻撃が必要だよ。このままだとジリ貧だ」

「わぁーってるよ」

何も思いつかねえんだよ。血が足りねぇんだよ。あぁ、レバー食いたい。

「だからツナ、あの斧を無刀取りして逆にぶっ叩《たた》いてやればいいんだ」

「なるほど……ってアホか」

できるわけねーだろ。

一瞬、アイデアが出されたこと自体に感心して、ノリ突っ込みになっちまったじゃねーか。

俺は柳生宗厳《やぎゅうむねよし》でも上泉信綱《かみいずみのぶつな》でもねぇっつーの。仮に無刀取りできたとしても、あんなデカブツ振り回せるかよ。

……まあ、冗談言えるなら、ユキのほうは大丈夫だろうということは分かった。

「冗談、冗談。……ちょっと賭けに出る。クリティカル狙うから、隙を作ってほしい」

「んぉ？……おう」

ユキはそう言うと、ミノタウロスに突っ込んでいき、すれ違い様に一撃加えて逆方向へ抜けていった。

ダメージ通ってないにしてもすげーな。明らかに空中で体勢が変わってる。あれは、俺にはできない動きだ。体を動かすイメージすら湧かない。

一瞬だけユキに気を取られていたが、ミノタウロスはそのままこちらに向かってくる。

数値の詳細はいまいち分からないが、ステータスの面で見た場合、〈防御力〉や〈ＨＰ〉はユキよりも俺のほうが高い。実際、攻撃に対する耐久性は上がっている気がする。

だがそんな差など奴の前ではないも同然だ。なら攻撃の当てやすいほうを先に仕留めるのが常套《じょうとう》手段だ。第四層とは違い、時間制限はないのだからゆっくりと仕留めればいい。

だから、まあ……あいつが俺に向かってくるのは理に適《かな》っている。おそらく奴は、すばしっこいユキよりも俺のほうがまだ与《くみ》しやすいと判断したのだろう。

もうあまり動けないのもあり、その場でミノタウロスを待ち受ける。


それにしてもクリティカルか。そうだな、そんなのがあったな。

ＨＰ貫通して肉体損傷させてれば動きが鈍る。そしたらまた違う手も打てるはずだ。頭回ってねーな、くそ。

でも、血を出し過ぎて逆にハイになってきちゃったぞ。

「こいやぁっ！　オラっ!!」

俺の叫びに釣られたのか、ミノタウロスが一気に間合いを詰めてくる。

相変わらず、その巨体、武器の重量に見合わないスピードだ。２トントラックが突っ込んでくるのと大差ない印象である。衝突したら異世界に転生してしまいそうだ。

もう、俺にそこまで動き回る体力はない。

だがなぜか、体力がなくなっていくにつれて、逆に感覚は研ぎ澄まされていくのを感じていた。

振るだけで旋風を巻き起こす大斧の一撃を躱《かわ》す。巨体から繰り出される蹴りを躱す。タックルを躱す。

破壊され、大量に飛び散る石片を、すべては無理でも可能な限りダメージのないように躱す。合間を縫って、僅かしか通らないであろう攻撃を繰り返す。

時々、燃え盛る松明《たいまつ》に攻撃や石片が当たり、思いがけないところから火のついた松明の破片が飛んできたりする。超熱い。

何回か、絶妙のタイミング、一瞬でもズレたら俺に当たるというタイミングで槍《やり》が飛んできた。

五層の道中でドロップしたものの、使い道のなかった槍をユキが投擲《とうてき》してきているのだ。

だが、牽制《けんせい》にはなってもほとんどダメージにはならず、しばらくすると在庫切れか、それも飛んでこなくなった。


最小限の動きで最大成果を出せるように、研ぎ澄まされた感覚の中でひたすら躱す。

今の俺は回避するマシーンだ。何だって躱せる。

だが、まだだ。まだ、回避の際の距離感に無駄がある。

回避後の体勢が僅かに崩れている。重心移動が上手《うま》くいっていれば、もう一回攻撃のチャンスがあった。

四層で習得した五つのスキルのうち、《パワースラッシュ》と《看破》はその効果をある程度把握できている。

《剣術》はこうして打ち合う中で更に進化を見せ、俺の中で最適化が進んでいる。

だが残り二つ、《姿勢制御》と《緊急回避》は、おそらくまだその力を引き出せてはいない。

こうして感覚が鋭敏化している中では、俺の動きに大量に無駄があることがはっきりと分かる。

頭を過《よぎ》るのは、ここにきて急に冴《さ》えを見せ始めたユキの動き。あいつは、おっさんとやり合ったあたりから急激に成長しているのが分かる。

ユキと俺の動きの違いは、立体的、三次元的な動きだ。

今の俺にそれを一部でも取り入れることが可能なのかは分からないが、より三次元的に相手の攻撃を見ることで、今までは感じられなかった攻撃の隙間が見えてくるはずだ。

相手の体捌《さば》きや攻撃をよく見て、感じて、体を動かせ。筋肉のそれぞれが連動して動いているのを意識的に感じて動かすんだ。

より自然な形、体勢を維持して、反撃の機会を作り出せ。

恐怖やプレッシャーに縛られた時には分からなかったが、こいつはスピードはともかく動きそのものは単調だ。

だからもっと、先が見えるはずだ。

[スキル《回避》を習得しました]

このタイミングで、想定していなかったスキルが生えてきた。

いや、ありがたいけどさ。《緊急回避》と違うのかよ、それ。

「ははっ」

この一瞬でも気を抜けば、あっという間にミンチになる状況で、敢《あ》えてギリギリの空間を選択して活路を見出《みいだ》す。

そんな馬鹿げた状況がちょっと面白くなってきた。脳内物質が大開放状態で噴水を上げている。

大フィーバーだ。

俺の脚を払うようにして、斧が地を這《は》う軌跡を描く。

つい数分前の俺なら、余裕をもってバックステップで躱していたそれを、空中へ跳躍することで回避した。

空中は地上よりも回避が困難なのは分かっている。斧は躱せても、続けて蹴りがくるかもしれない。頭突きがくるかもしれない。あるいはその巨体で倒れて込んでくるかもしれない。

だったら逆に、攻撃してカウンター決めてやる！

［スキル《空中姿勢制御》を習得しました］

［スキル《空中回避》を習得しました］

空中に飛んだ的に対し、ミノタウロスが選択したのは、頭部に生えた角を使った攻撃。

本来なら避けられるはずもないその攻撃を、俺は空中で体を回転させることによりギリギリで回避し——

——その勢いのまま、回転で発生した力を横薙《な》ぎに叩きつける！

［スキル《旋風斬》を習得しました］

——Action Skill《旋風斬》——

「おおおおらぁぁぁっっっ!!」

もはや習得が先か発動が先か分からないタイミングで、俺の剣は光を放ち、ミノタウロスの右肩へ打ち込まれた。

◆◇◆

その瞬間、俺が放った新スキルの一撃で確かにミノタウロスが体勢を崩した。

俺の攻撃がＨＰを貫いたのか、頭突きの横から変な力を加えられて姿勢を崩しただけなのかは分からない。

俺は《旋風斬》の技後硬直のせいで、碌《ろく》に受け身も取れず地面に落下したため、追撃はできない。

けど、この隙を待っていた奴からしたら、それは決定的な隙だ。

ユキが両手に燃え盛る松明を持ち、姿勢を崩したミノタウロスの上に駆け上るのが見えた。

ああ、あれなら確かに効果あるかもしれない。狙ったのは頭部……いや、首か。

俺は落下するまでの間、動かない体でその光景をじっと見つめていた。

「ヴォオオオオオオッツッ!!」

首を炎に焼かれたミノタウロスが、ここで最初の咆哮《ほうこう》以来の叫びをあげた。

斬撃などの攻撃に極端な耐性を持つミノタウロスの鉄壁の防御も、炎は通すらしい。


でも、それは本命じゃない。あいつは、クリティカルを狙うと言ったんだ。


ミノタウロスが、ユキごと松明を振り払おうと片腕と上半身を振る。

首筋に押し当てられた松明はそのまま振り払われるが、そこにユキはいない。ユキがいるのは……上だ。

ミノタウロスの体を足場にして、奴の頭上高くへ跳躍していたユキの手には、既にショートソードと本命のナイフが握られていた。


そうだ、あいつはミノタウロスの膨大なＨＰを削るため、おっさんの時と同じ毒を選んだ。

でも、僅かでも相手の肌へ斬りつけることが大前提のため、ミノタウロスの鉄壁のＨＰを抜くにはどうしてもクリティカルが必要になる。

だから、急所狙い、刺突《しとつ》攻撃を選択する。未確定ながらも、それが今俺たちが持っている情報の中で、クリティカルの発生確率を最大限に上げる手段だったから。

チャンスは一回しかないだろう。もう一度この状況を作り出すのは、ほとんど奇跡に近い。

「あああああっ!!」

ユキのナイフがミノタウロスの首筋へと突き出される。

ここからは本当に運勝負だ。いくらクリティカルでダメージが貫通したとしても、あの体相手には些細《ささい》なダメージだ。

一回で本命の毒が通れば勝ち。通らなければ負け。

通っても状態異常になるだけ、次に繋《つな》がるだけってのがつらいところだが、ここを通さないことには始まらない。

勝率何%かも分からない、状態異常というただ一回のチャンスに賭ける。

ユキも、そんな薄氷の上を歩くような挑戦だと認識して、この賭けに出たはずと……

俺はそう思っていた。

立ち上がろうとした俺の目に飛び込んできたのは、ミノタウロスの首へナイフを突き立てたまま、追撃を仕掛けるべくもう一本のショートソードを振り上げたユキの姿。

そして、そのショートソードから放たれる、鮮やかな赤い光。

「《ラピッド・ラッシュ》ッッッ!!」

――Action Skill《ラピッド・ラッシュ》――

赤い光を放ち、本来のユキの身体能力では発生し得ないであろう剣速で、左手のショートソードがミノタウロスの首へと突き立てられる。

それに続いて、二度目の毒ナイフの刺突、更にもう一度ショートソード、毒ナイフと、都合四回の刺突がほんの一瞬の間に突き立てられた。

「ヴォォォォォォォォッッッ!!」

ミノタウロスは更に雄叫《おたけ》びをあげ、技後硬直で固まっているユキを振り払った。

先程の俺と同じで、硬直状態にあったユキは受け身も取れずに石の床に叩きつけられる。

「ユキっ!!」

声に反応したのか、ミノタウロスはこれまでにない形相で俺を睨《にら》みつけてきた。

まさしく憤怒と呼ぶに相応《ふさわ》しい激しい形相に怯《ひる》みそうになるが、これを放置するわけにはいかない。

こちらに来てくれるならいいが、ユキのほうへ追撃されたら終わりだ。……俺から攻めるしかない。今の俺なら、ミノタウロスの斧も、体術も回避できるはずだ。

とにかく距離を詰める。今はとにかくユキへの追撃を止めることが先決だ。

ダメージを与えることに主眼を置かず、あくまで注意を引くことを目的に、浅い斬撃を繰り出す。

注意を引くことに成功したのか、俺に向かって斧を振り下ろすミノタウロス。俺はその攻撃を難なく躱し、次の攻撃へ移る。

この瞬間、来るとすれば、蹴りか頭突きのどちらかという選択しか頭になかった俺は、予想外の強襲を受けた。

それは物理的な攻撃ではなく……。

「グヴオォォォォッツッ!!」

至近距離から放たれる咆哮スキル。

喰らうんじゃない！　ファーストアタックと時と同じように気を強く持て……

……いや違う、これは最初の《獣の咆哮》じゃない!!

――Action Skill《強者の威圧》――

ここに来て初見のスキルがもたらすのは、恐怖の状態異常ではなく、直接的な体の硬直。

技後硬直にも似たそれを強制的に発生させられた俺は、続いて放たれる突進攻撃をモロに受けてしまう。

ただの突進、メイン武装ですらない、立派な角による串刺でもない、肩口からのタックル一発。

その直撃を受けただけで、俺の体が爆砕したかのような衝撃を受け、宙を舞った。

マズい。

こんな直撃を喰らったら確実に体のどこかが異常をきたす。内臓が損傷するか、骨が折れるか、どちらにしても致命的だ。

あまりの衝撃に、意識が遠のいていくのを感じる。

……駄目だ。体がバラバラになろうが意識だけは手放すな。

放物線を描き、物のように吹き飛ばされた俺は、その勢いのまま地面へと叩きつけられた。

◆◇◆

宙を舞う俺の視界に映るのは、まるで走馬灯のような、スローな光景だった。

どこかで聞いた話だと、走馬灯は命の危機に対して何かの回避方法を模索するために、脳が高速処理している現象だという。

なるほど、そうなのかもしれないが、こんな状況で一体何をどうすれば死を回避できるというのか。

今の俺にできること、これからやらなくちゃいけないことを、脳の処理限界まで考える。

まだ死なないということを前提に数瞬後の行動を検討するなら、その行動内容は限られる。

地面に叩きつけられた瞬間、俺の口から大量の血が吐出された。

ああ……、まずい、まずいな。これ、本当に死ぬ一歩手前じゃねーか。

早く立ち上がらないと。じゃないと、この殺し合いは俺たちの死をもって終了だ。

立ち上がっても、この体じゃ碌に動けもしないだろ。……じゃあ、どうする。

あまりの痛みでイメージが阻害されるために発声は必要だったが、まだかろうじて声は出る。

「《まて…りあ…らいず》」

あの走馬灯の中、ほとんど無意識で手に掴《つか》んでいた〈低品質ポーション〉のカードが発光、物質化した。

駄目…だ、手が…。

だが、飲むために手を動かせない。回復できないならここで終わりだ。

手から溢《あふ》れ落ちた容器が、コロコロと転がる。

手が動かせないなら口だ。幸い、ポーションの瓶は小さい。手は動かないが、体は……まだ動く。

俺は活動限界スレスレの体を無理やり動かし、地面に落ちていたポーションの瓶をそのまま歯で咥《くわ》えて、噛《か》み砕いた。

ガラスと一緒に、ポーションの中身が流れ込んでくる。

口の中は痛いが、回復が始まったのが分かる。ガラスも多少飲み込んだが大した問題じゃない。

「み…の」

ミノタウロスはどこだ。俺はどれくらい吹き飛ばされたんだ。

ユキはどうしてる。復帰したのか？　まさか、先にユキにトドメを刺しに行った……

……いや違う。今、視界を覆った大きな影はミノタウロスのものだ。

うつ伏せになっているから分からないが、影の動きと気配から斧を振り上げているのが分かる。

だめだ、こんな程度で諦めるな。

「ああああああっっ!!」

斧が振り下ろされる瞬間、俺は全身に残されたすべての力を振り絞って地面を転がった。壊された床が吹き飛ぶのに合わせて、俺の体も再び宙を舞う。

ざまあみろ。これで数秒は稼げるぞ。数秒あれば、ポーションの効果が多少効いてくるはず。そうしたらまだ戦える。


ああいや、稼げたのは数秒じゃねーな。

宙に舞っている俺の視界に一瞬だけ、斧を振り下ろし終わったミノタウロスが映る。

俺の願望かもしれないが、ほとんど死体の俺が動いて的を外したことに驚愕しているように見えた。

そして、その後ろに迫ろうとする相棒の姿に、俺は頼もしさを感じずにはいられない。


――今日、この日だけで、何度あいつをすごいって思っただろう。

あいつは、俺が持っていないものを沢山持っている。

足りないところがあるのも分かるけど、それ以上に俺はあいつが持っているものを眩《まぶ》しく感じている。

そう見えるのはきっと、俺たちが色んな部分が正反対で、お互いがお互いの持っていないものを持っているからなのだろう。


俺の体が再び地面へ落ちる。

勢いがついた俺の体は床を転がり、これまでの戦いでボロボロになった石片に何度もぶつかった。

地面に倒れ込む俺の姿は、傍目《はため》には死体にしか見えないだろう。

もう碌に痛みも感じないが、この数秒でポーションが効いてきたのか、手は動く。

震える手で、もう一枚のカードを取り出した。

「《まぁ…てりあらいず》」

少しずつ感覚の戻ってくる手で物質化するポーションを支えて、蓋《ふた》を開け、ポーションを飲み干す。これが俺の持ち分の最後だ。

物質化して飲み干すまでの間で更に数秒経過したが、大丈夫。……そう確信していた。

まだ回復は始まったばかりだが、這《は》い蹲《つくば》るようにして無理やり立ち上がる。

……どうだ、ほぼ完死体から半死体まで回復したぞ、牛野郎。

ミノタウロスの姿を捕捉した。

ユキはまだミノタウロス相手に立ち回っている。立ち回れている。

動きを見るに、あいつも一つはポーションを使ったはずだ。二つ使ってたらもう俺たちに在庫はない。

そもそも、一撃喰らったらほとんどアウトの状況で、回復するタイミングなんかそうそうないのだが。

ユキはちゃんと回復したようだが、俺のほうは駄目だな。このまま待ってても回復量が足りないのが感覚的に分かる。

死ぬ寸前だったのを数十秒でここまで回復したのだからポーションすげぇってのは間違いないが、おそらくここが限界だ。

次のダンジョンアタックでは、もっと良いポーションを沢山常備しよう。うん。

「《看破》」

まだ痛みでイメージが固定されないため、発声起動でミノタウロスのＨＰを確認する。

……ああ、なるほど。さっきからミノタウロス側の動きがやけにぎこちないと思ったらそういうことか。

あいつ、毒でもう瀕死《ひんし》じゃねーか。

これまでどんな攻撃でもほとんど減少しなかった奴のＨＰゲージが、ゆっくりだが、見ていて分かるくらいのスピードで減少していく。

俺の《旋風斬》や、ユキの松明での攻撃でどのくらいＨＰを削れたかは分からないが、それでも半分は切れていないだろう。

なら、この減り具合は毒以外にありえない。こうしている間にも、もう残り四分の一を切った。

すげーな、毒。第四層も第五層も、ほとんど毒頼りじゃねーか。

俺の脳内の毒学会で毒万能説が巻き起こっていた。脳内学者たちはスタンディングオベーションである。

毒で体が上手く動かない。でもユキの攻撃力だとクリティカルでも出さない限りダメージが通らない。だからこその、この膠着《こうちゃく》状態なわけだ。

「……だったら、なあ！」

俺に足りないところがあって、それをあいつは補ってくれた。

そしてあいつができないことがあるなら、それは俺がやるべきだ。俺が、俺たちの最大火力を叩きつけてやるべきだろう。

「《マテリアライズ》ッ!!」

どこかへいってしまった剣の代わりに予備を物質化させる。

ボロぞうきん状態の俺が、対照的に新品の剣を手にしてミノタウロスの元へ向かう。

まともに走ることもできないオンボロだが、このままユキだけに任せるのは間違っている。

碌に体が動かなくたって、ユキだけに任せたまま休んでいていい道理はない。少なくともこの極限状態でだけは、俺たちはお互いにできることに死力を尽くすべきだ。

ここまでやって、まだ本番前のトライアルってのが色々納得いかないが、……さあ、幕を下ろしに行こうか。

「……ツナ」

ユキが信じられないものを見たような目で、近付いてくる俺を凝視する。

そんなユキに釣られたのか、それとも怖いもの見たさとか好奇心とかかもしれないが、ミノタウロスも俺を見た。

その表情は相変わらず憤怒に染まっているが、どんな気持ちで俺を見ているかは分からない。しぶとい俺を、ゾンビかなにかと勘違いしているかもしれない。実際、こんなボロボロの半死人が迫ってきたら俺も怖い。

ＨＰも残り少なく、毒で体はまともに動かない。片方は半死人とはいえ、ユキと俺に挟まれた状況。

さすがに同時に相手をするのは厳しいだろう。だとしたら、次にとる行動は何だ。

「グぅ……」

そりゃあ、足止めできてどちらも対象にできる咆哮だよな!!

「グヴオォォオオッッッ!!」

「あああああああああっっっ!!」

それに合わせるようにして、俺は声をあげる。

——Action Skill《強者の威圧》——

――Action Skill《強者の威圧》――

駄目だな、それじゃ。何度も何度も威圧できると思うなよ。

[スキル《強者の威圧》を習得しました]

とうとう習得と発動が逆転したが、それは別にいい。

新しく覚えたのか、習得はしていたがスキルとして認識されていなかったのか、このタイミングで習得のシステムメッセージが出る理由は分からない。

……だが、俺はこのスキルの使い方はよく知っている。既視感すら覚えるほど似通った状況を、俺は体験しているのだ。

憤怒と、驚愕と、怯《おび》えの感情を発しながら、ミノタウロスは斧を振り上げた。

ああ、そんなんじゃ絶対に当たらないぞ。

振り下ろされた斧は、最初の頃のパワーとスピードは何だったのかというほどスローで、半死人の俺でも十分に躱すことができた。

俺はそのままミノタウロスの懐に踏み込み、スキルを起動させる。

「じゃあな」

――Action Skill《パワースラッシュ》――

ＨＰをほとんど失っていたミノタウロスは、これまでの強靭《きょうじん》さが嘘《うそ》のように簡単に切り裂かれた。
だけど、その巨体だ。ＨＰがない生身だけの状態でも、俺の一撃程度じゃ沈まない。
追撃の気配はない。だが俺も技後硬直が発生している。

『二つ以上の技があったら、硬直キャンセルしてコンボ出せないかな』

俺はこの土壇場で、一度も練習したことがないにもかかわらず、それを放てることを確信していた。

――Skill Chain《旋風斬》――

「だぁらぁあああっ!!」

振り下ろした直後からほぼ一回転、体を捻《ひね》って発動させた竜巻のような横薙ぎ。
技後の硬直時間を無理やりキャンセルして放たれたそれは、無防備だったミノタウロスの体にめり込むように炸裂《さくれつ》した。
ミノタウロスの巨体が沈む。
大丈夫、さすがに反撃はない。だって、あいつの体は既に魔化が始まっている。

それを見て気が緩んでしまったのか、俺は、起き上がってくるように接近する地面に吸い込まれ、意識を暗転させた。

意識が闇に包まれる瞬間、ユキの悲鳴のような声があがるのが聞こえた。

トライアルダンジョン　ダンジョンボスを攻略しました
初挑戦クリアボーナスとして武器〈ミノタウロス・アックス〉が授与されます
トライアルダンジョン完全攻略により、Lv５以下の挑戦者の……

◆◇◆

それは、今でもはっきりと覚えている。

はぐれゴブリンを落石の罠《わな》で殺害して、奪い取った鉄の剣を無邪気に振り回していた頃のことだ。

だから、今から三年ほど前の冬のことになるだろう。

俺が生まれた時点で既に限界村落だった村は、戦争による徴兵と税の臨時徴収で更に限界を超えた限界に達し、究極的な貧困に襲われた。あ、いや、襲われ続けていた。

明日食うものがないというのは、「そんなもの、俺たちが数年前に通り過ぎた場所だ」と言わんばかりの食糧事情だった。

九割が税金、一割しか収穫を得られない場合、畑を耕すのは領主へ貢ぐための労働と言っても過言ではなく、食べるものはほとんど山で密猟して得たものだった。

一部隠し畑もあったが、それすら不作だ。

山に食えるものはあるといっても、そこをうろつくモンスターが怖いのか、村の人間はいくら飢えても山へ入らない。そのため、村の食糧を確保していたのはほとんど俺だった。

ちなみに、俺が採ってきたものなのに、俺に優先的に回されることはない。三男というのはそれほどひどい立ち位置だった。まぁ、隠れて食ってはいたのだが。

前世である程度知識を得ていた俺は、普通、いくら貧乏村の三男でもそこまでひどくないのは知っている。というか、あれが世の平均なら、人類は滅んだほうがいい。

幼い頃に起きた戦争以降、ずっとそんなひどい状態が続いた。

そして、山の幸もほとんど見当たらなくなり、動物さえも姿を消すような死の山になりかけてた頃、そいつらはやってきた。


ここで、望まぬ来訪者のフラグを立てると、創作物なら徴税官とか領主の息子が来て、幼馴染《おさななじみ》の女の子を攫《さら》っていくようなイベントが発生したりするわけだが、そんなイベントはなかった。

というか、幼馴染の女の子とか、そんなの夢物語でした。

村の女の子はあらかた売られていった後で、そもそも目ぼしい女の子がいないのです。いてもガリガリで見た目悪いしね。

と、それはどうでもよくて、現れたのはモンスターである。エロゲのヒーロー、オーク様の群れだ。

それまでは山狩りをしていても、ゴブリンか鹿に返り討ちにされるコボルトくらいしか見たことがなかったが、大量のオークが山を越えてやってきたのだ。

多分、あいつらも食糧がないとか、そういう止むに止まれぬ事情があったのだろうが、最後まで目的は分からないままだった。

豚の事情なんて興味はないし、知らなくてもいい。その時重要だったのは、オークの大群がやってきたという事実だけだ。

ちなみにどうでもいい予備知識だが、この世界のオークは、メスがいなかったり、人間の女を孕《はら》ませたりするエロゲーの王者のような立場ではないようだ。

メスもいるし、好んで人間の女を孕ませたりもしない、ただのモンスターだ。

人間を見れば殺しにかかってくる敵対種族。ここで必要な情報は、それ以上でもそれ以下でもない。

その日、村の近辺で食えるものが見つからなかった俺は、大人でも数日かかる距離を遠出して山の奥まで来ていたのだが、その先でオークの群れを発見してしまった。

しかも、どうやら村の方角に向かっているらしいことも分かった。このままだと、略奪どころか通行するだけで轢殺《れきさつ》コースまっしぐらである。

その時点で、既にどこでも生きていけるサバイバル能力を身につけていた俺には、村を見捨てるという選択肢もあった。むしろ一人のほうがいい生活ができるだろう。

だが、やはりどんなひどい仕打ちを受けていても故郷を守るべきという英雄的決断のもと、ゴブリンから貰《もら》った鉄の剣と、愛用の棍棒《こんぼう》と、その他諸々《もろもろ》のトラップ群を手にオークを迎え撃つことにしたのだ。

もちろん、準備の最中に村でそのことを告げても連中は信じなかったし、信じても諦める奴しかいなかったので、迎え撃つのは俺一人である。孤独な一人きりの戦争だ。


結局どれくらいオークがいたのかは把握し切れていないが、直接殺したのだけでも三桁近いのは間違いない。

俺が直接殺していない、要するに罠で死んだ数のほうが多いのは確実だが、そちらは多過ぎてはっきりしない。

奴らが一時的な拠点に使用していた洞窟で人為的に崩落事故を起こしたり、山の上から岩石落としをしたり、吊《つ》り橋を落としたりと、多彩なトラップで敵を仕留める。

撃ち漏らしたのは一匹ずつこの手で殺した。

俺たちと大差なく、あいつらも食糧がないのだ。一日ごとに飢餓が進み、次第に痩せ細ったオークも多く見られるようになった。

ただでさえ不味《まず》いのに、食うところが減っていくのは俺にとっても死活問題だった。

そんなアクション映画も真っ青な戦いを一週間ほど続けただろうか。極限状態でそんなに戦っていられる俺は既に狂っていたのかもしれない。

さすがに頭の悪いオークさんたちでも俺の存在に気付いたらしく、進軍は一時中断。俺を狙って山狩りを始めた。

ホームかつ長年の散策で土地勘も完璧だった俺は、それでも引き続きオークさんたちをぶっ殺して回ったわけだが、最終的には物量でオークたちに包囲されてしまった。

元々死んで当然のような作戦だったので、俺は一匹でも多く道連れにしてやろうと暴れまわった。

なんでこんな頑張ってるんだろうと考えるような段階はとっくに通り過ぎていたので、ひたすら無心の大乱闘である。血みどろの大乱闘スマッシュブ……スマッシュ俺だ。

そりゃあもう、バーサーカーか何かといわんばかりに、転がってた倒木とかをそのまま振り回す勢いで暴れまくった。

けど、オークの中にいたリーダーらしき奴、名前は分からないので俺は派手なオークと呼んでいるのだが、こいつがべらぼうに強い。

どこか未開拓の地に住む原住民が付けているような大きな羽根飾り、褌《ふんどし》姿で鎧すら着ていないのに、ひどくアンバランスな装飾の兜《かぶと》だけを被《かぶ》っている。

俺がリーダーだ、と誇示するための格好なのだろう。見た目に分かりやすくていい。

これで、手下も大量にいる派手なオークVSたった一人の俺という構図が完成した。


本来であれば、どうあがいても俺の死亡は確定だったのだが、なぜかここから次の日の朝まで記憶が飛ぶ。

エロい塗れ場でもないのに、王紅さんもびっくりの吹き飛びっぷりだ。気が付いた時には、俺は無数のオークの死体に囲まれて立っていた。

その中に強敵だった派手なオークの死体も確認できたので、なんとオーク軍を実質一人で壊滅させてしまったことになる。

意識がないうちに、どこかの正義の味方が助けてくれた可能性はまだ残っていたが、とにかく村の危機は救われたのである。めでたしめでたし。


ちなみに、この時に何が起きたのかは結局よく分からなかった。

本当に正義の味方が現れたとか、何かトチ狂ってオークたちが仲間割れを始めたとか、ありえなそうな理由は色々思いつくがどれもピンと来ない。

なので俺は、俺の隠された力が目覚めた説を推している。巨大に力に飲み込まれて意識を失い、暴走してしまうダークヒーローの構図だ。

　そして俺は、隠された力が解放された俺と謎の正義の味方とで共闘するアクションシーンを妄想しながら、凱旋《がいせん》気分で村に戻ったわけだが、そんな俺の血みどろ一週間戦争を信じてくれる人はおらず、結果ホラ吹き呼ばわりだ。逆に、一週間もの間食糧を調達できなかったことを責められるというひどい結末である。

　こういう時、普通の家族なら庇《かば》ってくれるのだろうが、ウチの家族は前面に立って俺を糾弾するのだ。特に母親。ほんとあいつら最悪である。


　当然、村での立場は良くなるどころか悪くなる一方で、そんななか長男に息子が生まれたこともあって、俺と次男は捨てられた。

　……というのが故郷の村で発生した大まかなイベントだ。

　奴隷商から買取拒否され、伝手《つて》に兄弟揃《そろ》って土下座して回って、奴隷同然の待遇で酒場の丁稚《でっち》になってから迷宮都市に来るまでの間は、ただひたすらキツイ労働があっただけで特筆するような事項はない。敢えて言うなら、奴隷商の下で働いていたクリフさんとの出会いが一番センセーショナルだ。彼は存在だけで発禁ものである。


　なんでこんな話をしたかというと、俺はミノタウロス相手に《強者の威圧》を使ったが、かつて派手なオークと戦った際、記憶にないはずの部分でも同じ経験をしたような気がするのだ。

未《いま》だ記憶ははっきりしないが、同じものか、近いスキルを発動させていたのかもしれないと、そう思ったんだ。

……正義の味方はおらんかったんや。

◆◇◆

「とまあ、そんなことがあったわけだ」

俺はユキに膝枕をされながら、そんな過去話をしていた。

俺を見下ろすユキは唖然《あぜん》とした表情を隠そうともしない。これまで話した人たちと大体同じ表情だ。

「あー、うん、突っ込みどころ満載っていうか、突っ込みどころしかないっていうか、色々言いたいことはあるけど、これまでのツナを見ていると全部本当なんじゃないかって思ってしまう自分が嫌だ」

「まあ、そうだろうな。自分で言ってて頭おかしい半生だなって思うよ」

「それ、何の予備知識もなしに聞かされたら、狂人の半生だよ」

「はっはっは、色んな極限状態を体験したことでおかしくなってるのは間違いないさ。……でも、だから勝てたんだぜ」

色々要因はあるだろうが、ミノタウロス初見撃破を達成できた要因の一つが、俺の特殊な精神性であることは確かだ。

あの派手なオークとの戦闘経験もそうだ。あれがなければ、初手で詰んでいたはずだ。

今思うと、あの派手なのはただのオークじゃなく、オークリーダーとかそういう類《たぐい》の上位種だったんじゃなかろうか。すごいね、俺。

「そうだね、……うん、そうなんだよ。僕たち、勝ったんだよね」

「お互いボロボロだけどな。お前の手も火傷《やけど》でボロボロじゃねーか。もう終わったんだから、最後のポーションは自分で使えばよかっただろ」

ユキの手は、革製のグローブが熱で癒着しているような状態だ。

なのに、こいつは残っていた最後のポーションを俺に使ったようなのだ。

「だってツナ、動ける状態じゃなかったし」

「地上に戻ったら元に戻るんだろ。這ってゴールまで行けば問題ない」

「それを言ったら僕の手もそうだよ。……というか、治る見込みなかったらあんな無茶しないよ。……しないと思う」

そりゃそうか。

実際は治る見込みがなくても、それが必要な場面であればこいつはやりそうな気もするけど。

「それに、せっかく二人で頑張ってクリアしたんだから、一緒にゴールくぐりたいじゃない？」

「だから膝枕して起きるの待ってたのか？」

起きてユキの顔が目の前にあってびっくり。膝枕されているのに気付いて二度びっくりだった。

膝枕されるならほんとは女の子がよかったが、こいつが男であるという事実だけを意識からシャットアウトする高等テクニックで誤魔化している。

実際、その事実がなければとんでもない美少女？なのだから。

「こんな崩壊寸前で瓦礫《がれき》だらけの床に、そのまま寝かしておくのもひどいと思ってさ」

「……改めて、石でできた床をこんなんにする相手によく勝てたもんだ」

周りを見てみれば、床は無事な箇所のほうが少ない。いつ倒れたのか、でかい柱も転がってる。

巨大な竜巻でも発生した後なんじゃないかという惨状である。

むちゃくちゃだ。あいつ一体で城落とせたりしないだろうか。一撃一撃が攻城兵器と大差ない攻撃だ。文字通りのワンマンアーミーになれる。

「そういえば、これって動画撮られてるんだよね。あとで見せてもらおうか。僕らの極限の死闘が、第三者の視点から見れるよ」

それは確かに興味ある。

自分の視点で見ると分からないけど、どこかのジャングルの王者みたいに気持ち悪い動きしてなかっただろうか。

……特にミノさんとの戦いとか、ほとんど回避するマシーンと化してたからな。

「男同士で膝枕してる絵面も残ってるってことか」

「あー、そうなるね。まあ、見た目だけは美少女と野獣だよ」

自分で美少女言いやがったぞ、こいつ。

「……あのさ、ツナはさ、ここに来る途中の馬車の中で、迷宮都市に行くのは生活のためだって言ってたよね。さっきの話聞いてるとさ、それがかなり切実な問題でツナにとっては譲ることのできない願いだったたってのがよく分かったよ」

「これまで人間らしい生活してないからな……。あの時も言ったけど、尊厳を保てるくらいの生活はしたい」

栄養足りてないのに、なんでこんなデカイ図体《ずうたい》になったのかよく分からないくらいなのだ。実はもう前世の身長を超えてたりもする。

迷宮都市の素晴らしい栄養環境で育ってたら、この年にして2メートル超えてたかもしれない。

「うん。あの時は分からなかったけど、今ならその渇望も理解できる。……あのさ、あの時ツナの話を聞くだけで、僕は自分の目的言ってなかったよね」

「そういやそうだな。何か言いづらい望みでもあるのか？　俺の願いはすでに叶《かな》いそうだから、お前の目的の手伝いくらいしてやるぞ」

冒険者じゃなくバイトしてても、ここなら人間としての尊厳は保てそうだ。

だったら、代わりにユキの目標を実現するために頑張ってみるのもいいだろう。

「それは嬉《うれ》しいね。……ほんと駄目元だったんだ。僕の願いは絶対に叶わないと思ってた。気持ち悪いと思うけど、……僕さ、女の子に戻りたいんだよ。本当の本気で」

「それは……、いや、ここなら叶うのかもしれないけどさ」

男扱いされることを拒絶しているから、何かしら拘《こだわ》りはあると思っていたが、男辞めたいところまで思い詰めてるのか。

……ちょん切るとか、それだけじゃ駄目なんだろうな、多分。

「生まれてからずっと男の体でいるのが嫌で、その思いは年を重ねて成長していくほどに強くなっていってさ。……ずっとどうしようもないんだって思ってた。でもそんな時に、どんな願いだって叶う迷宮都市の話を聞いた。

……ほんとはさ、僕、婚約者がいたんだよ。あ、女の子のね。王国の男爵家の子でさ、家格が欲しい実家からしたらとんでもない良縁だったんだ。

小説とかだとさ、親に決められた貴族の婚約者とか、とんでもない性悪か、家が何かすごい問題抱えてるっていうのがテンプレじゃない？　……その子さ、何度か会ったんだけど、すごく良い子なんだよ。家のほうも何も問題なくて、向こうの家も、うちみたいな大商会だったら平民の家でも問題ないとか言ってるの。貴族だったらよくありそうな、平民を見下したりとかそういうのがまったくないいんだ。……どれもこれも、何一つ問題ない縁組だったんだよ。

……問題があるのは僕だけだった。

どうやって断ろうかとか、何か破談にできる材料はないのかとか考えて、気が付いたら駄目元で準備してた荷物抱えて家から逃げ出してたんだ」

「……そんなに問題があるものなのか？　その……周りとか、人の家まで巻き込んでまで」

状況だけ聞くと、少なくともこの世界基準では、ユキの心情を別にすればこれ以上ないくらいに幸せな環境だ。

その幸せを手に入れるためなら、どんなことでもするという人間は沢山いるはずだ。胡散臭《うさんくさ》い噂《うわさ》話に賭けて、それを手放すのはタダごとじゃない。

……こいつは、最初から色々持ってて、それを全部捨ててきたんだ。そのただ一つの目的のためだけに。

何一つ持たずにここに来た俺とはまったくの正反対だ。

「……多分、ツナには分からない。……ううん、誰にだって分かるはずがない。別に、男の子が好きだとか、男の体が気持ち悪いとか、そういうんじゃない。僕という存在の根幹、魂に刻まれた在り方みたいなものが、女性に戻れって悲鳴をあげているんだ。……変だよね。気持ち悪いよね。……自覚はあるから、どう思っても構わないよ。昔の、……中澤雪《なかざわゆき》だった頃の私は、女であることが嫌で嫌でしょうがなかったのに、いざ男の子になってみたら、こんなにも女であることを渇望している。いくら受け入れようとしても無理なんだ。魂が軋《きし》んで、壊れていくんだよ……」

それは、悲痛な慟哭《どうこく》だった。

正直、俺には理解できない。けど、どこまでもそれを求めていることは感じられた。

「……俺はさ、今日一日、お前のことすげーって何回思ったか分からないくらい、心の中ですげーすげー連呼してたよ」

目を閉じなくても浮かぶのは、今日だけで沢山目にしたユキの勇姿だ。

最初は怖気《おじけ》づいていたかもしれない。だけど、それはあっという間に払拭《ふっしょく》されて、結局何度も助けられた。

それは一方的な関係でなく、相互に助け合える相棒という呼び名が相応《ふさわ》しいと思えるのだ。

「だから、別にお前が男だろうが女だろうが関係ないし、気にしない。正直どっちでもいいし、どんな願いがあろうがお前を見る目は変わらない。ぶっちゃけ今日一日の体験はさ、これまでにないくらい濃密で、ひどい極限状態だったと思う。オーク相手に大乱闘した俺でさえ思う。でも、そんな中でだからこそ俺はお前を仲間だと思ったし、俺のできないことができる相棒だと確信できた。今日一日だけでそう言い切れるくらい、お前のこと認めてるんだ」

今日一日で感じたこの信頼感は、ユキが男だろうが女だろうが関係なく感じたもののはずだ。そう信じてる。

「迷宮都市は若返りとかあるような街だから、お前の願いもきっと叶うんだろうさ。案外、びっくりするくらい簡単かもな。……でも、もしそれが困難で、実現にハードルが山ほどあるんだとしても、俺は関係なく力を貸すよ。まかせろ」

たとえこれから先、ユキが女になろうが俺たちの関係は変わらないはずだ。

「ははっ、変だね、……僕はツナのことをすごいって何回も思ってたよ。でも、うん、……ありがとう。ちゃんと言っておきたかったんだ」

「お前とは長い付き合いになりそうだしな。今後ともよろしく頼むぜ」

これほど息が合う相棒はなかなか見つからないだろ。


「うん、これからもよろしく。じゃあ、そろそろ行こうか。……立てる？」

「ああ、問題ない。……そういや、クリアのアナウンスとか出たか？　ちゃんと終わったよな」

意識飛ぶ時にシステムアナウンス流れたような気もするが、ちゃんと確認できていないのだ。

立ち上がって屈伸しながら、トライアルがちゃんと終了しているか確認する。ポーションと休憩のおかげで体は問題なく動くようだ。

「ああうん、出たよ。レベルアップボーナスはLv５以下が対象だったから意味なかったけど。ちゃんとクリアしたって出てた。奥にワープゲートがあるから、それくぐったらトライアル終了だってさ」

レベルアップボーナスがそれってことは、Lv５でクリアすることが想定されてるってことなのか？

……ちゃんとバランス考えてるか疑わしくなる作りだな。

「それならいいんだ。実はまだクリアしてませーん、第六層頑張ってくださーいとか言われたら嫌だしな」

「これの後にまだあったら、それはトライアルとして成立するのかな」

いや、現時点だって既に怪しいと思うぞ。

時間かけても全員これを突破してるんだから、デビューしてる冒険者は化け物だらけだ。……これを五歳で攻略した奴がいるとかハンパじゃやねぇ。

「ああ、忘れてたけど、初挑戦でクリアした賞品でミノさんが使ってた斧が貰えたよ」

「斧って……あの何メートルもあるやつか？」

誰が使うんだよ、そんなん。ゴーウェンだって無理だろ。

いや、人種の坩堝《るつぼ》の迷宮都市なら巨人族とかいるのかな。ダンジョンの入り口で見た酒飲みのおっさんみたいな。

……ひょっとして、冒険者のミノタウロスとかもいたりするのだろうか。

「カードだから大きさは分からないけど、絵は見たそのままだったよ。まあ、僕にはどうあがいても使えないから、ツナが持っておくといいよ」

そう言ってユキはカードを渡してきた。

別に貰って困るものじゃないから受け取りはするが、あんなん人間に振り回せるサイズじゃないぞ。モンスターを狩人するゲームでも、もう少し小さかっただろうに。

……そういえば、さっきまで俺が使っていた剣はどこにいったのだろうか。

多分、あの瓦礫の紛れて転がっているんだろうが、他のレンタル品と一緒で持ち帰れるわけでもないし探す必要はないか。

この〈ミノタウロス・アックス〉はクリア報酬なわけだけだし、当然持ち帰れるよな？

「使えるか挑戦して、やっぱり無理だってことになったら売ればいいんじゃない？　ひょっとしたら、同じものが無限回廊では普通にドロップしたりするかもだけど、一応初めて出た記録の賞品だからレアものかもしれないし？」

「じゃあ、先に売値確認して、安物だったら一回くらい挑戦してみるか。……いや、どう考えても無理だと思うけどな」

「確かに、カードのままのほうが高いかもしれないから値段は調べたほうがいいね」

実物は嵩張《かさば》るから、カードのままで記念にとっておいてもいいけどな。俺たちの勲章みたいなもんだ。

◆◇◆

そんなやり取りをしながら、俺たちは瓦礫の山を抜け、既に開け放たれていた門をくぐる。門をくぐる際に、そのあまりの巨大さを改めて感じ、この扉とほとんど変わらない大きさの怪物を仕留めたんだなと感慨に耽《ふけ》ったりもした。

薄暗くて長い、ひたすら長い一本道を歩いていくと、奥に光が見える。今日だけで何回も見たワープゲートの光だ。

あったら嫌だなと、ちょっと不安に感じてた下へ続く階段もない。ワープゲートだけだ。

ワープゲートは形こそ同じだが、ゴールであるからかこれまでに見た各層のものよりも大きく見えた。

「さて、つらーく、ながーいトライアルもこれで終わりです。俺たちはやり遂げました。前人未到の初日クリアです。最短攻略のレコードホルダーです。死んでもいいはずなのに一回も死んでません」

「おー、パチパチ」

観客はいないので、セルフ拍手である。

しかし、改めて言うとすげーな。よく突破できたと思うわ、ほんと。

「というわけで、地上に戻ったら飯行こうぜ、飯。これだけ頑張ったんだから今日くらい派手にいっても許されるだろ」

もう夜中だろうけど、コンビニ開いてるだろ。この色々おかしい迷宮都市なら、二十四時間営業のファミレスがあるかもしれないし。

「いいね、ちょっと豪華にいこうか。……ツナは見てるだけだけどね」

…………。

「……え？」

「だって、賭けは僕の勝ちでしょ。ミノさんだったじゃない」

「いや、そうだけどさ、……え？　こんだけ頑張ったんだよ、大目に見ようぜ」

「賭けは賭けだから。僕の勝ちだから。しかもドンピシャだったから」

確かに単勝一点買いのそのものズバリだったけど。

「え、嘘、まじで……、俺もう既に腹減って死にそうなんだけど」

「じゃあ、戻ろうか」

「ちょ、ちょっと待って。待ってください」

いや、マジで勘弁してもらいたい。ここはパーっと打ち上げする場面でしょ。


「あ、そういえばさ」

門をくぐろうと一歩を踏み出したユキが立ち止まり、振り返った。

何だ、ここはやはり頑張った俺に奢《おご》ってくれるとかだろうか。そんなに高くなくてもいいんだぞ。

「すごくどうでもいいことなんだけどさ、ここ異世界でミノスと全然関係ないのに、やっぱりミノタウロスだったよね。ゲームとかでもそういう種族名みたいになっちゃってるけど、既にミノスの牛だとか元々の由来は関係なくなってると思わない？」

マジでどうでもいい話だった。

「あいつ、腰ミノつけてたから別にいいんじゃねえ？」

俺がそう返すと、ユキは笑いながら、肝心の話は煙に巻いたままゲートをくぐりやがった。

こういう時は一緒にくぐるもんじゃないだろうか。

あれ、一緒にゴールするために待っててくれたんじゃないの？

その無限の先へ
OVER THE INFINITE

◆◇◆

ゲートをくぐると、陸上競技場のようなだだっ広い空間が広がっていた。

先行したユキは、待っていてくれたのか広場の真ん中に立っている。

「なー、やっぱりさ、賭けの内容見直さない？　今日めでたい日よ、何なら土下座とかするよ」

俺の土下座は安いぞ。

「ツナ……」

「な、なんだよ、賭け自体はお前の勝ちでいいって」

「いや、そうじゃなくて。……なんか変だ」

「変って何が。……変だな」

周りを見ると色々おかしかった。なんでゲート出口がローマのコロッセオみたいになってんだ？　学生たちみたいに大人数のパーティが来るにしても、こんな広いスペース必要ないだろ。あとは帰るだけなんだから。

しかも、見えている空は青空でも夕暮れでも夜でもない、気持ち悪い赤黒い空が広がっている。

「おい、まさかトライアル終わってないんじゃねーだろうな」

ここは外じゃない。まだダンジョンの中だ。

「もう勘弁してよ……。　……しっ、誰か来る」

ユキが向いていた方向を見ると、ミノタウロスが出てきたような門が口を開けていた。

……その奥から誰かが歩いてきているのが分かる。


一歩一歩近付いてくるその姿は、いざ目視できるところまで来るととても見慣れた姿だった。

「やーやー。まさか、マジで初回クリアするとは思わなかったニャ」

拍手をしながら近付いてきたのは、俺たちの同行者である猫耳のチッタさんだった。

数時間ぶりの再会である。

ああ、同行者と合流して戻るのか。ここは中継地点ってことね。

びっくりさせんなよな、まったく。こっちはボス戦のたびに想定してたものと激烈に難易度が違ってたから、正直ビビってるのに。

「いや、ほんとすげー。ありえニャい。あちしもさっきシステムメッセージ見て度肝抜かれたニャ」

「何回かマジで死にかけたけどな」

実際、最後のほうはゾンビみたいなもんで、なんで動けてたのかよく分からないくらいだ。傷はポーションで治ったみたいだが、俺の服とかもはや原形を留《とど》めていない。

まったく、普通前衛って防具とか着けて戦うもんじゃね？　なんで服だけで戦ってんだよ、俺。

「それでもニャ。実際に戦ってみて分かったと思うけど、あれ、普通二人とかで倒す相手じゃないニャ。しかも、終わった後だから言えるけど、初挑戦のルーキーが一人でもいると強化バージョンのミノタウロスになるのニャ」

「えっ」

するとなにか。本当はもうちょっと弱いのに勝てばクリアできるのか？

いや、あの戦いが無駄だったとは言わないけどさ。絶対。

「二回目以降なら、ちゃんとルーキー向けに調整されたミノタウロスが出てきて、それと戦うニャ。それでも、目安としては大体六人くらいで、それも何回か挑んで入念な下準備をしたパーティを想定してるわけニャから。今回のは多分、業界に激震が走るニャ。……つーか、あちしの中では既に大震災クラスの衝撃ニャ」

俺たちはクリアする必要のない高いハードルを躍起になって攻略したってことかよ。

「えぇ――。戦いながら僕、こんな化け物に勝ってようやくデビューできるって、冒険者の基準すごいなーって思ってたんですけど」

「……まあ、第四層で言ったように、中級まで来たら多分初回の強化ミノタウロスもソロで余裕だし、下級でもある程度経験積めば無理じゃニャいから、そこまで認識に違いはないニャ」

改めてすげえな。中級じゃなくて、ちょっと上の連中でもソロクリアできるのか。

じゃあ、俺たちの評価はせいぜいすごいルーキーってくらいなのかね。十年に一度の逸材とか言われて、プロ野球界に埋もれていく感じの。

「んで、何なんです？　この演出。チッタさん帰るとか言ってませんでしたっけ？　ひょっとして見てました？」

「演出？」

ユキが気付いてないのか、気付いていない振りをしているのかは分からないが、さっきからお互いにいまいち歯切れが悪いのは感じてるはずだ。

「いいや。あちしは四階のワープゲートからここに直行ニャ。これは……そうだニャー……なんていうかニャ。……実はあちしもさっき知ったばっかりニャんだけど、隠しイベントらしいニャ」

「隠しイベント？」

……ひょっとして初挑戦クリアがトリガーなのか。

設定だけされてて、誰もトリガーを引いたことのないイベントが発生したってことか。

「多分、発生したのは初ニャ。無死亡、初挑戦クリアと、条件が揃っちまったからニャ」

「なんだ？　なんかボーナスでも出るのか」


ああいやだ。かつての（ライト）ゲーマーの勘は正解を告げている。答えを聞きたくない。


「あちしも、ちょー気がのらねーニャ。……唐突で悪いんニャけど、二人は冒険者に一番必要な才能って分かるかニャ」

「何ですいきなり。……強さとかですかね。でも、罠とかに対する対処能力とか、緊急事態の即応性も大事ですよね。あとは自分に自信を持ってるとか、大きな目標があるとか」

ユキの回答は至極真っ当だ。

でもそれはきっと、求められてる回答とは違うんだ。

「ま、それも大事ニャ。……ツナは？」

「強靭なメンタル」

「あー、ツナはそれ満たしてそうだね」

「ん、まあ、正解は色々あるはずニャんだけど、冒険者の中で一般的に言われてるのはツナが正解ニャ」


ああいやだ。なんでこんな警鐘ガンガン鳴ってるんだよ。素直に終わらせろよ。


「強靭なメンタルですか？」

「そうニャ。あちしとかは割と暢気《のんき》に見えるかもしれニャいけど、実際、冒険者は過酷な職業ニャ。高い報酬、名声、あるいは強さが手に入る代わりに、肉体的な痛み、精神的な負荷、生き返るシステムがあろうが、色々つらいことが多いニャ。それは、一般人社会で言われるようなストレスとは違う、もっと直接的な負荷ニャ」

「そうですね……。ゲームじゃないんだから、剣で斬られればそりゃ痛いし」

「でも、実は冒険者だったら誰もが乗り越えなくちゃいけない、もっと強烈な精神的負荷が存在するニャ」

「…………」

「ツナは……、その顔はもう分かってんじゃないのかニャ」

敢えてチッタさんは俺に振る。

「あー、うん、そうっすねー。…………死ぬことだろ」

言いたいことは分かるし、このあと起こるであろう隠しイベントの内容も予想はつく。

「ドビンゴニャ、いやー、やるニャー。……そう、死ぬことニャ。死亡からの復活は、冒険者だったら必ず通過する、乗り越えないといけない儀式のようなものニャ。まだ死んだことのないお前らニャあ分かんねーかもしれニャいが、これがまたきついニャ。たまんねーニャ。……心が折れるニャ。死んで、魂直接弄《いじ》くられるようなひどい苦痛を受けて、尚《なお》立ち上がれる奴だけが冒険者としてやっていけるニャ」

「だから？　死んでない俺たちはまだ半人前だと？」

「えーと、……え、何これ」

そりゃ、混乱するよな、あんなドギツイ試練の後にいきなりこれだ。

誰もクリアしたことのない未達の条件に挑戦して、死にもの狂いでクリアしたら半人前扱いだもんな。

……俺たちの達成したことに水差すんじゃねーよ。

「だからつまり、この隠しイベントの意味はニャ——

——「一遍死んどけ」ってことだろうがよ、クソがっ！」

俺とチッタさんで、見事にその言葉だけが重なった。

俺が罵声をあげてもチッタさんの表情に特に変化は見られない。この反応も予想していたのだろう。

「え、……え？」

「……悪いニャ。これ、あちしからしても趣味悪いニャ。しかも、相手はルーキーを案内した先輩の同伴者って……何か悪い冗談みたいだニャ」

さっきから、俺たちを褒め称《たた》えてはいても、気の乗らない雰囲気だったのはそれだ。

「ツナ、僕の理解が間違ってるような気がするから聞きたいんだけど」

「……ああ」

「まさか、まだトライアル終わってないの？」

「いや、トライアルは終わったニャ。お前らは前代未聞、前人未到のレコードホルダーには違いニャいし、もうトライアルダンジョンを攻略する必要ないニャ」

答えたの俺でなく、目の前の猫耳だ。

つまりそれだけが目的かよ。……最悪だ。趣味悪いってレベルじゃねぇ。

「つまり……」

「つまり、〝トライアルはクリアしました。デビューはできますおめでとう。でも君たちまだ死んでないよね。やっぱり一人前の冒険者としては一回くらいは死んでおかないとねー〟ってことだよ。……でもって、この目の前の猫耳が俺たちの死神ってわけだ」

「…………冗談」

ユキは分かっても認めたくないのか、見て分かるくらいに青くなっていた。

「ツナの言う通り、あちしが隠しボスってわけニャ。第四層のリザードマンみたいに能力制限されてない、完全な状態でお相手するニャ。……さて、あんま気持ちいいもんじゃねーし、というか最悪だし、ヘドが出そう。あまりにあんまりだから、すぐに終わらせてあげる」

［トライアルダンジョン　隠しステージ　ＳＴＡＲＴ］

見たくなかったシステムメッセージが表示され、最悪のオマケが始まった。

第八話「限界村落の孤独な英雄」

「さあ、構えて。いくら規格外っていってもルーキー相手に不意打ちとか、ちょっと情けなさ過ぎるし」

それは、敗北も苦戦も、絶対にありえないという自信の表れ。

心底嫌そうな顔しているのは、きっと演技なんかじゃないんだろう。

トライアルダンジョンで見た性格が本物であるなら、こんな状況で新人を虐《いじ》めて楽しむような人じゃない。

これが同伴者としての仕事だとしても、新人を殺すことにまったく意味がない、例えば嫌がらせの類《たぐい》であれば決して実行したりはしない人だろう。

でも、そこに僅《わず》かでも意味がある以上、その相手が自分が案内したルーキーであっても、どんなにひどいシチュエーションでも、気に食わないからといって仕事をやめていい理由にはならない。

そんなことを考えているんじゃないだろうかと、勝手な想像を巡らせていた。

「ねえ、やめましょうよ。なんでこんな……意味のない……」

ユキは言われた通りに武器を取り出しながらも、悲痛な表情でそう言う。

ユキはこの場面にあって尚《なお》、意味が見出《みいだ》せていない。いや、見出したくないのかもしれない。

……意味はあるんだろう。ただ、それを実行する場面として最悪なだけだ。

「意味はあるよ。……残念だけどあるんだ。さっきも言ったように、死が絶対に乗り越えなくちゃいけないハードルだっていうのは、あたし自身が体験して納得してる。意味があるから、こんな仕事でも放棄できない。……いい加減構えなさい」

「でも……だってっ……」

「ツナもだよ。武器持ってないけど、予備くらいあるんでしょ」

俺は、深く、深くため息をついた。

この胸の奥で渦を巻く黒い感情は、きっと怒りだ。でも、その矛先を向けるべき方向が見当たらないから、こんなにもイラつく。

なんてやる気の起きない、そして、なんてムカつく戦いなんだろう。

「《マテリアライズ》」

俺はカードを取り出し、使うつもりのなかった最後の〈トライアル・ロングソード〉を物質化する。

覚悟を決める。やる気があろうがなかろうが、目の前のこいつは敵だ。

「そう、それでいい。大丈夫、別にここで死んで終わりってわけじゃない。むしろ逆で、スタートラインだから。必要な経験だって割り切ればいい」

そりゃ、生き返るんだろう。何も失なわないだろう。必要なことってのも分かる。

だからって簡単に殺されてやるつもりもない。そんなのは冗談じゃない。

ミノタウロスの威圧を退けた時に理解したはずだ。何も掴《つか》まずに諦める奴が先に進めるはずがない。今、この場面だってそれは変わらない。

「ほら、ユキも……しょうがないな。じゃあ、開始の合図を決めようか。このコイン。これが、地面に落ちた瞬間に戦闘開始。始めたら、そっちがやる気あってもなくても関係なく殺す」

『殺す』という言葉にユキがピクリと反応する。

「ツナもいいよね」

「どーぞ。……腹は括《くく》ったよ」

俺の準備はできてる。

「ユキもさっさと構えろ。覚悟を決めろ。……殺される覚悟じゃねーぞ。こいつをぶっ殺す覚悟だ」

この猫耳だって、そういう殺し合いの覚悟は完了しているはずだ。

負けることなんて微塵《みじん》も考えてないだろうが、逆に俺たちに殺されようが文句は言えないだろう。

だが、それも勝負が成り立つことが前提だ。ただ黙って殺されたらそんな状況は発生しない。まずは同じ土俵に立たないと何も始まらないのだ。

「あはっ、言うね。いいね、いいよツナ。そうやって、どんな理不尽な状況でも覚悟決められるのは冒険者向きだ。すごく向いてる。……じゃあ、始めようか」

そう言うと、チッタさんは俺たちから少し距離を取った。

そして、指で弾《はじ》かれたコインがクルクルと回転しながら天高く上がる。

「ああああっ、もうっ、何なんだよ！　分かったよ！　やるよっ！　やればいいんだろっ!!　ふざけんなっ!!」

ユキが叫ぶ。おそらく何も覚悟は決まっていないが、戦闘態勢には入った。

これでいい。始まったら戦うしかないんだ。あいつがちゃんと覚悟を決めるまで、俺一人ででも戦線を維持すればいい。

能力差が激し過ぎて、勝機どころか、どうやって戦ったらいいのかさえ思いつかない。

だから、今できることをやる。

……開始したら玉砕覚悟で突っ込む。

フェイントもなにもなし。最短距離で最大火力の《パワースラッシュ》を叩《たた》き込んでやる。

コインが落ちるまでの間、限界まで意識を研ぎ澄ましていく。

躊躇《ちゅうちょ》なくあいつを斬る。そのイメージだけを鮮明に思い描く。

……大丈夫、意味なんてなくても、俺は誰が相手でも関係なく殺せる。そう切り替えられるはずだ。

「じゃあ行くよ」

コインが――――落ちた。

◆◇◆

爆発するような勢いで地を蹴る。

今可能な最大速度での突進。レベルによって既に補正を受けている体は、陸上競技のスプリンターなんて目じゃないくらいの前傾姿勢で、奴に肉薄する。

放つのは足下を狙った《パワースラッシュ》

恐らく現在可能な最速を叩き出しながら、その加速の中で《パワースラッシュ》を放つための溜《た》めに入る。動き出した後であれば、溜めの時間など関係ない。

あいつは、道中の同伴こそすれ、俺たちのボス戦を観戦していない。報告した《看破》以外の、俺たちがトライアルで得たスキルは知らない。ならば奇襲が成立するはず。

通常の斬撃で当てることが難しいなら、スキルで加速された剣撃を当ててやる。

相手はまだ動き出してもいない。もう既にスキルは起動状態に入っている。

あとは当てるだけだ。

――Action Skill《パワースラッシュ》――

油断していたのか、それとも本当に意識が追いついていなかったのか分からないが、この距離なら外さない。

おっさんだろうが、ミノタウロスだろうが必中のタイミングだ。

俺の剣が光を放ちながら、奴の足下へと吸い込まれていく。

そして、それが命中するというその時、信じられないことに対象が消えた。

「な……」

迎撃されたとか、跳ねて回避されたとかではない。対象が丸ごと消えた。

俺の剣は対象を見失い、そのまま盛大に宙を空振った。

「ど……ぐあっ!!」

どこに消えたのかと、探し始める前に、俺の背中へ強烈な衝撃が走り、宙へ投げ出される。

何だ、蹴り……なのか？　だとしたら、角度からいってあいつがいたのは俺の真後ろ。

この一瞬で移動した？　いや、いくらなんでもありえないだろ、冗談じゃねーぞ、おい。

威力もハンパじゃねえ。ミノタウロスほどじゃないとはいえ、この一瞬のカウンターとしてはありえない威力だ。


吹き飛ばされつつ、それでもなんとか倒れずに地面に立ち、奴の姿を探す。

あいつは何事もなかったかのように、俺が攻撃を喰《く》らったであろう場所に立っていた。

何だあれ、どんな超スピードだよ、冗談じゃねーぞ。

「アクションスキル……、こんな段階で習得したっていうの？」

あいつは、俺が《パワースラッシュ》を放ったことに驚いていたらしく、追撃するでもなしに目を見開いていた。

「すごい、意味分かんない。どんなルーキーよそれ。面白過ぎるんですけど」

その目が……捕食者のものに変化した。

先程までのやる気のない目ではなく、肉食獣のそれだ。

「でもそっか、アレを一回で突破してきたんだもんね。……それくらいやるか。となるとユキもかな」

チッタの注意がユキに向く。

ユキは未《いま》だ最初の立ち位置のまま動いていない。動けていない。

次の瞬間、チッタの姿が消えた。比喩ではなく文字通りに。

「まずいっ！　ユキ逃げろっ！」

どこへ逃げるなんて指示はできない。だって姿が見えないのだ。どこから攻撃が来るかなんて分かるはずがない。

「えっ？」

呆《ほう》けたようなユキの声。見ると、ユキの側《そば》には既にチッタの姿があって……

ユキの首が、大きく真横に切り裂かれた後だった。

そんな、いくらなんでもむちゃくちゃだろ。

俺は、あいつが消える前からずっとユキの姿を捉えていた。にもかかわらず、現れた瞬間すら認識できなかった。

ユキの首から大量の血が噴水のように噴き上がる。

ユキが死ぬ？

これまで、今日一日だけで、何度もの窮地で起死回生の動きを見せてきたあいつが、こんな簡単に、何もできずに死ぬ？

……何だよそれ、どうしろっていうんだよ。


「ッカッ……は……がっ」

噴き出す血を押さえるようにして、ショートソードを落とした右手で首を覆う。

ダメだ、そんなんじゃ止まるわけがない。


「……ユキのほうは駄目か。やっぱ、あっちがおかしいだけか。……残念、先に行ってて」

チッタは心底残念そうにそう言うと歩いてユキに近付き、トドメを刺すべく手に持ったナイフを振り上げた。

その時、正直俺はもう諦めていたんだと思う。

俺自身は何もできずに返り討ちに遭い、これまで苦難を共にした相棒が何もできずにやられてい

く様を見せつけられて、完全に足が止まっていた。

逆襲の一歩すら踏み出すことができないでいた。

「ユキいいいぃいぃいッッ!!」

近寄ることもできず、ただユキが崩れ落ち、今この瞬間にもトドメを刺されるのを見ていることしかできなかった。

トドメの一撃が振り下ろされ、ユキの背中へ突き刺さる。どうしようもない完全な致命傷だ。そもそも、万が一助かったとしても、俺たちに回復手段はない。完全に終わりだ。

きっと、俺は情けない顔を晒《さら》していたんだろう。

だけど……一瞬だけ目が合ったユキの表情は、そんな情けない俺を慰めるかのような笑顔だった。

その笑顔はトライアルの間に何度か見せた、危機をなんとかしてみせた時の表情そのもので……

……崩れかけていた俺の中で、何かが繋《つな》がった。


「ニャ?」

既に死に体のユキの右手が、チッタの体を捕まえる。

力なく崩れ落ちるまでのそのほんの僅かな間に、ユキはその覚悟を見せた。


――Action Skill《ラピッド・ラッシュ》――

左手のナイフが光を放ち、システムに補助された剣撃を放つ。

「んなっ！」

しがみついたまま、ほぼゼロ距離で《ラピッド・ラッシュ》を放たれたチッタは、さすがにその直撃を受けた。

「なっ、なぁっ！」

二刀ではないため、ミノタウロス戦よりも少ない二連撃。ダメージが通った形跡はないものの、ユキはその攻撃を届かせた。

多大な犠牲を払ったとしても、俺が強襲しても届かなかった壁にあっさり到達してみせた。

技のイメージが困難な、死ぬ直前のダメージを負った状況で、決して攻撃の当たらない相手ではないということを示してみせたのだ。


それが終わると、ユキはそのまま地面へと崩れ落ち、あっという間に霧になって消える。

残されたのは、それを見ていることしかできなかった俺と、呆然《ぼうぜん》と立ち尽くすチッタだけだった。

「〈遊撃士〉のLv15スキル……、しかも毒の状態異常攻撃……。何だこれ。なんでこんなにあたしの時と違うの？」

……ああ、そうか。チッタが呆然としていたのは、あまりに自分のルーキー時代と違う姿を見せられたからか。

動けないでいるのは俺も同じなのに、感じてるものは全然違うんだな。

俺が感じていたのは、やっぱりユキは最高の相棒だったという確信と、そんなユキが倒れる間際に何もできなかった俺の不甲斐《ふがい》なさへの怒りだ。

状況を飲み込めなくて、混乱して、動けなかったにもかかわらず、最後の最後だけはその覚悟を見せつけていきやがった。

ああ、すごいな。本当にすごい。……なんて置き土産を残していくんだ。

もうあいつはこの場にいないのに、俺の体はこんなにも力に満ちている。かつてないほどに、様々な感情の奔流が俺の体を突き動かそうと働きかけてくる。

「あたしと君たちで、一体どんな差があるっていうの？」

チッタは茫然自失《ぼうぜんじしつ》だ。よっぽどユキの死に様《ざま》に思うところがあったらしい。

「ははっ、あはははは⁉ いやすげぇ、マジですごえ。どーよ、俺の相棒はよ。お前、どうせ俺たちは一発も当てられないとか思ってたろ？ 残念だったな。ユキとお前の差なんて歴然だろ。……トライアルにちんたら一年もかけた奴と一緒にするなよ」

俺の安い挑発で、チッタの表情が怒りに染まった。

多少でも心乱してくれるなら儲《もう》けもの程度に考えていたのに、それは奴の琴線に触れる言葉だったらしい。

「貴様……！」

ただ単に沸点が低いのか、それとも何かトラウマに引っかかったのかは分からないが、俺の挑発はよほど腹に据えかねたらしく、その形相は激昂《げっこう》したミノタウロスと変わらない。

とても人様へお見せできないひどいツラだ。

「ああ、でもさ、……俺はまだ差を見せてねーよな。ユキがやった以上のことくらいはやってみせねぇとなあっ!!」

大丈夫だ。俺は大丈夫。頑張れる。あいつが見せた最後の覚悟だけで立っていられる。

まだ俺は、自分で吐いた挑発に見合った資格は持っていない。チッタにこんなことを言う資格なんてこれっぽっちもない。

でも、吐いた言葉を取り消すつもりもない。……なら、言うだけの資格があると証明しないといけないな。

「来いよ。……知りたいっていうなら、俺たちとの差を見せてやる」

◆◇◆

怒りのまま攻撃に転じたチッタのスピードは圧倒的で、再び消えたその姿が見えないまま、刃《やいば》の雨が降った。

一体全体、どれくらい速いというのか。もはやどれくらいの速さなのか見当もつかない。

スキルで細工しているのか分からないが、ここまできたらどれくらい速くても一緒だ。見えないのには変わりない。

奴の姿が見えなくなる前に毒が効いていたのかくらいは確認したかったが、それももう不可能だろう。《看破》は、最低でも対象を認識していなければ発動しない。

俺の体の至るところに斬撃が加えられ、その度に皮膚ごと服が裂けていく。長年親しんだ一張羅はもうボロ雑巾以下の布切れに等しい。

俺は、奴の攻撃が加えられるであろうタイミングを感知して、致命傷だけは受けずに済むよう回避行動を取っていた。

見えているわけでも、勘でもない。これはスキルの効果だ。

《回避》と《緊急回避》をフル稼働させて、来るであろう攻撃を予測し、回避行動を取る。

この二つは、ＲＰＧによくあるような、習得しているだけで回避率が上がるような補正スキルじゃない。

これまで体感して分かったこのスキルの特性は、攻撃の警告と、回避体勢の補助だ。

二つのスキルの違いはその距離。

《緊急回避》は手の届くような狭い範囲、《回避》はそれを含んだより大きい範囲で、どこから攻撃が来るか、どんな攻撃が来るかを感知させてくれる。

重複部分は二つの性能が合わさり、より精度の高い情報をもたらしてくれる。回避するマシーンには必須の技能だ。

戦闘において、それはどちらも決して広い範囲ではなく、せいぜい武器を使った近距離攻撃が届く程度の距離でしかない。

だが、この二つがあることで、たとえ見えない攻撃だろうが感知することができる。感知はできる。

ここに至るまでに経験した戦いが、血肉となって俺の中に息づいているのを感じる。

もはや予知にも近い感覚で、全神経を致命傷を避けるそのためだけに集中する。

致命傷でさえなければ問題ない。そんなものは無視だ。

……あいつが焦《じ》れて、大振りを繰り出してきた時が勝負だ。


体が裂けて血が噴き出していく。

ポーションで傷が治ったのと同じように、ミノタウロス戦で流した血が補充されていなければ失血死しそうだ。

実際に血が増えているかは体感でも分からないが、一般人ならもう危険域だろう。

この短い時間で、何度刃を受けただろう。俺の体は切り傷だらけで、全身が真紅に染まっていく。

これくらい大したことねぇ。男なら我慢しろ。

ユキは男辞めたいんだから、あそこで脱落しても許されるけど、俺は芯から男の子なんだから意地張らなきゃ駄目なんだよ。

絶対に倒れない。こんな掠《かす》り傷、いくら付けられたところで倒れてたまるか。

あいつには、なんで直撃が通らないか分からないんだろうな。

受ける剣撃から動揺が伝わってくる。あと少しでチャンスは来るはずだ。……あと少しじゃなくても、限界まで付き合ってやる。


そんなことを考えているうちに、そのチャンスはやってきた。

徐々に攻撃のランダム性が損なわれ、読みやすくなっているのが分かる。狙うのは次の攻撃。そのタイミングに合わせて、避けると同時に最小限の動きで剣を合わせる。

来るのはおそらく前方右斜め前からの……直線攻撃――!!

「つっ!!」

剣を振る代償に、受ける傷は深くなったが、許容範囲だ。俺の攻撃も掠った。

ただ一撃を掠らせるためだけにこちらの被害は甚大だか、当てることができたという事実は大きい。

……これでユキに追いついたぞ。あとは越えるだけだ。


大量の攻撃を受け、俺の中で攻撃パターンの情報が収集・分析されていく。

《回避》と《緊急回避》が極限まで引き上げてくれるその精度を、情報の蓄積と勘で補え。

だから、ほら。受ける傷も浅くなってきた。

「んぁあっ!」

もう一度タイミングを合わせて剣を振ると、今度はさっきよりも深く攻撃がヒットした。

ダメージがあるのかとか、ＨＰを削れているのかとか、そんなことは関係ない。まず、当たらないと話にならない。

どうせ、ステータス差を考えたらまともなダメージは通らない。全力の《パワースラッシュ》を直撃させてもダメージ0の可能性すらあるのだ。

相手が見えないこの状況で《パワースラッシュ》を当てるのは、スキルと勘で限界まで動きを見切っても不可能だろう。

このスピード差だと、こっちがジャストのタイミングで繰り出した上で、あっちが盛大にミスでもしない限り当たらないことが分かる。

TRPGでいえば俺が6ゾロでクリティカル、あいつが1ゾロのファンブルを同時に出さないと不可能なレベルだ。つまり無理。期待しない。

だからまず、この状況の突破口として攻撃を当てる。


「っっっ!!」

と、やべぇ！　変なことを考えてたら、脇腹への斬撃に対する対応が遅れた。

俺がミスったら駄目だろ、おい。

ああいや、気配が変わった。深くダメージが通ったことで欲を出したな。

……これまでで最大のチャンスが来る。

ここは死んでも合わせる。方向は真横、右からだ！　再び直線攻撃――!!

大して力は入れられなかったが、完全回避、剣も直撃コースだ。カウンター気味に、直撃が……

入る！

「ぉうらぁああああっ!!」

「きゃあああっ!!」

完全に捉えたその瞬間、ようやく猫耳の姿が確認できた。

確かに攻撃は命中した。だが、予想通り攻撃の感触はＨＰの壁に阻まれ、僅かにも体に届いていないことが感触で分かった。しかも、そのＨＰを削ることすらできていないだろう。

剣が命中したことで体勢を崩したチッタは、その攻撃の勢いもあって地面を転げ回る。

姿が見えている今がチャンスと、俺はそれを追撃、地面へ転がるチッタへ向け剣を叩き降ろした。

チッタはその剣を寸前で避け、横に回避行動を取り、再びその姿を消した。

俺は、無意識のうちに頬《ほお》が吊《つ》り上がるの感じた。

追撃は掠りもせず再び姿を見失ったが、収穫があった。とびきりのやつだ。

◆◇◆

そもそも、姿が消えるような超スピードをそんなに長時間維持してられるのか、というところから疑問だった。

ずっとそんな速度で動いていれば、極端な空気の流れが発生するし、飛んでるわけでもないんだから足音だって膨大な量になるはずだ。

空気の流れも足音もスキルで誤魔化しているのかもしれないが、それにしたって限度がある。あいつが消えている間、足音はほとんどしない。超スピードで動き続けるなら絶え間なく発生するはずの踏み込みが、明らかに少ない。

全身で空気の揺らぎを探っても、攻撃の時くらいしか乱れはない。

そして極めつけはさっきの消え方だ。明らかにスピードで見失ったわけじゃなく、俺が視界に収めている範囲から消えた。

つまり、あいつはずっと高速で動きまわっているわけじゃなく、姿を消している。あるいは視覚を誤魔化している。なかなか良いシックスマンになれそうだ。

加えて、それは攻撃の際には解ける類のものなのだろう。俺に攻撃を加える瞬間だけ、視認の困難な、直線的な動きで加速していると予想する。

その前提条件があれば、あとは簡単だ。いくら直線の動きが速かろうが、姿が見えなかろうが、今のキレまくってる俺なら手に取れる。

「うぉらあああっっっ!!」

「っっっっっ!!」

再度、攻撃にカウンターを決められたのが想定外だったのだろう。

チッタは地面に転がり、その勢いのまま立ち上がると、姿を消さずにこちらを見据えた。

「な……なんで……」

「なんで当てられるのかって？　逆に聞きたいが、なんでそんな同じ攻撃ばっかり続けて、捉えられないと思ったんだ？　馬鹿の一つ覚えかよ。何度も何度も同じ攻撃が通じるわけねーだろ。俺が何も考えてないゴブリンにでも見えたのかよ」

俺でなくても、これだけ喰らえば対策は見えてくる。それが分からないなら、単純に対人戦闘経験が足りてないな。

「あああああっ!!」

もはや通用しないと判断したのか姿を隠すのをやめたチッタは、直線攻撃そのままのスピードで俺に斬りかかってきた。

ようやく攻撃を目視できた。得物はユキと同じ二刀。ただし、どちらもダガーだからか攻撃の回転速度がべらぼうに速い。

二つのダガーで交互に斬撃を繰り返す。

すべてが急所狙いで、狙ってくる箇所が正確だ。人体のどこを損傷させれば殺せるか、あるいは機能を落とせるかを知っている。

対人経験は知らないが、少なくとも人体を破壊するための知識は持っているようだ。

「ぐっ!!」

ダガーによる高スピードのラッシュが続く。

俺の剣の技量もそうだが、得物の差からいって、すべてを受け、避けきることは困難だ。

だったら、やることは変わらない。そもそもすべてを受けなきゃいい。致命傷になる攻撃以外は当たっても構わない。

死なない程度の攻撃は喰らうことを前提として、剣で受けるべき攻撃、回避する攻撃を取捨選択しろ。

「つそ！　なんでっ！　当たれっ!!」

当たってるだろうが。てめえの攻撃で俺は全身から血が噴き出してんだろうがよ。

だが、致命的な一撃だけは絶対に当たってやらねえぞ。

肉が裂け、骨が見えるような状態になっても、俺が動けるならまだ大丈夫だ。それは致命傷じゃない。

全身から血を噴き出しながら、それでもまだ動きの止まらない俺に対し、明らかに動揺を見せ始めているのが分かる。

ここまでで、俺がこいつに与えたダメージはおそらく0だ。勝ち目なんて、今この状況でもまったく見えない。

なのに、どうしてここまでして戦い続けるのか、不思議でしょうがないんだろう。どうして倒れないのか理解できないんだろう。

だってさ、致命傷を避ければまだ動けるって、ミノタウロスよりは攻撃力がないってことだ。

あの通常攻撃すら致命傷確定の暴風のような攻撃に比べて、急所さえ外せば耐えられる攻撃ってのは喰らっていい分全然マシだ。

いくら速かろうが、まったく凄《すご》みがない。血の量に限りはあるんだろうが、今の俺ならいくらでも耐えられそうな気がした。

おそらく相性の問題もある。これが、生粋の戦士であったり、魔法使いであったとしたら、更に攻略難易度は跳ね上がっていたはずだ。

ただでさえ絶望的な難易度がルナティックまで跳ね上がっていたに違いない。こいつはせいぜいスーパーハードくらいだ。チッタハードだ。

こいつがミノタウロスを単独攻略可能なのは嘘《うそ》でも何でもなく事実だろう。だが、この状況で対《たい》峙《じ》する相手としては一番相性が噛《か》み合っている。

戦闘をメインとしていない斥候職だから、俺でもまだ戦えるのだ。


「うあああああっっっっ!!」

「おおおおおおおおっ!!」

二つのダガーと、剣が幾度も交差する。

俺の《剣術》にはまだ成長の余地があったのか、次第に致命的な攻撃以外も弾けるようになってきた。

トカゲのおっさんほどではないが、《回避》、《緊急回避》と合わせ、剣の壁と呼べるくらいの防御は構築できている。

血を流し過ぎたのか、攻撃を受け過ぎたのか分からないが、剣を握る感覚がもう碌《ろく》にない。

だが、俺の体はまだ剣を握っている。体は動いて、二つのダガーの攻撃を捌《さば》き続けている。

そして、とうとう戦局が動く時が来た。

当たらなくなった攻撃に痺《しび》れを切らしたのか、交わしたダガーがオレンジ色に鈍く発光するのが見えた。

それは、俺がこの戦いで未だ体験していない未知の行動。

その攻撃が入りさえすれば、確実に俺にトドメを刺せるであろう必殺の一撃。

だが、その発動は確実に隙を与える諸刃《もろは》の剣だ。

これまでスキルを使わなかったのは、そんなものは必要ないと判断していたこと、技後硬直が発生し、その隙をつかれるのを警戒してのことだろう。

放たれるそのスキルを俺が乗り越えれば、その時は逆に致命的な隙が生まれるはずだ。

――Action Skill《シャープ・スティング》――

発光現象を起こしたダガーが、その姿を光の点と化し、俺への最短距離を駆け抜ける。

それはユキが使った《ラピッド・ラッシュ》と同様の刺突《しとつ》技だが、あちらが連続攻撃であるのに対し、こちらはただ一点を貫く針のような一撃だ。

だが、未知のものであるにせよ、スキルが来ることが分かっていた俺は、それを迎撃すべく剣を振る。

――Action Skill《パワースラッシュ》――

ほんの一瞬だけ先行して溜めに入った《パワースラッシュ》を、《シャープ・スティング》の軌道に対し、掬《すく》い上げるように放つ。

二つの光が交差し、《パワースラッシュ》は《シャープ・スティング》の軌道を大きくずらし、回避に成功した。

大きく攻撃を跳ね上げられたチッタは技後硬直が発生し、スキルの慣性に乗るように体を浮かせる。

それに合わせて、俺は発生するスキルの硬直時間の中、ミノタウロス戦の時と同様に後続のスキルを発動させた。

――Skill Chain《旋風斬》――

体を一回転させ、硬直するチッタの背中目掛け《旋風斬》を放つ。

その瞬間、俺は、チッタがこのスキル連携という技術自体を習得できていないことに確信を持った。

「らぁぁあああっっっ!!」

全力だ。ここがすべてを振り絞るタイミングだ。

相手は硬直状態。こちらは連携による全力のスキル攻撃。今の俺にこれ以上のダメージソースはない。

出せる力を限界まで振り絞り、《旋風斬》の軌道に上乗せするように力を込める。

発声なしのスキル起動に見られるように、スキルの発動に必要なのはイメージ力だ。

《パワースラッシュ》も、意識的になぞって軌道を制御することでその性能が変わるように、回転しての横薙《な》ぎという剣技に合わせたイメージを展開する。

それは竜巻だ。

俺自身が竜巻であるような強固なイメージを展開し、その勢いを加速させろ。

次の瞬間、完全に無防備となったチッタの背中に、俺の《旋風斬》が炸裂《さくれつ》した。

◆◇◆

《旋風斬》を放つのに合わせて《看破》を並行起動させ、ＨＰゲージがどう減少するかの確認を始める。

手応えは、相変わらずＨＰの壁に阻まれたままで、それは予想通りだ。この一発で終わることなんて、はなから期待していない。

だが、これでどの程度HPを削れるかによって、すべてが決まる。

技のモーションが完了するのとほぼ同時に、何かが砕ける手応えを感じた。これは、骨を粉砕したとか、そういう手応えじゃない。

俺の……剣が砕ける手応えだ。

振り切った剣が折れ、刀身の根本部分だけを残して地面へと転がった。

《旋風斬》の一撃を受け、チッタはそのまま前のめりに倒れ込む。

俺は、技後の硬直を感じながら、倒れたチッタのHPを見た。

ふっざけんよ、ちくしょおっ！

俺の渾身《こんしん》の一撃、武器すら犠牲にした最大ダメージソースを受けて尚、チッタのHPゲージは5％……3％も減少していない。

硬直時間のせいで更なる追撃は不可能だ。しかも、攻撃しようにも俺の手に握られた剣にはもう刃がない。

懐にゴブリン肉でもあれば、無理やり口に突っ込んで精神ダメージを与えられたかもしれないが、残念ながら品切れだ。

硬直から回復した俺は、倒れたチッタが起き上がるのを警戒しながら見つめた。

万策、尽きたか……。

あの一撃は正真正銘俺のすべてを振り絞って叩きつけた一撃だった。

これでダメージがほとんど通らないようなら、俺に手はない。

ここから同じことを二十回、三十回も繰り返すことなんてそれこそ夢物語。更に、武器がない以上、同じダメージを叩き出すことすら不可能だ。

ほとんど柄《つか》だけになった剣を投げ捨てる。

あとは、腰にぶら下げた手斧が最後の武器だ。だが、これでは《剣術》のスキルは有効にならないし、倒れたチッタに投げつけても大したダメージは望めないだろう。

だったらどうする。体一つでアレと打ち合うのか？　武器をぶっ壊す勢いで、全力の全力で斬って５％もダメージ与えられない相手に？　馬鹿かよ。

かといって、他に武器はない。この手斧か、床に落ちた刀身部分だけの剣を使うしかない……。

……いや。

一つだけあるじゃないか。当たれば確実にダメージが通りそうなものが。

第五層で、俺たちが全力で攻略したミノタウロス。その手に握られていた巨大な武器が、俺の懐にまだある。

あれならば、チッタの防御であっても粉砕してダメージを叩き出すことは可能だろう。

ただし、振り回せればという前提が付く。

正直に言おう。不可能だ。

完全状態の俺ですら不可能だと断言できる上、今の俺は全身ボロボロで立っていることすら奇跡に等しい状態。この状態であの巨大質量を振り回す力はない。

だが、武器自体はある。物質化のタイミングで奴に繰り出せば、たとえ、一度きりのチャンスだとしても、それは必殺の一撃と化すかもしれない。

ここまでも、ギリギリの綱渡りだったのだ。低い可能性だろうが、練習もできない一発勝負だろうが、すべて成功させてやる。

その一度を成功させるには、まずあいつの足を止める必要があるだろう。

俺は起き上がったチッタを睨《にら》みつけた。

その顔は困惑に染まり、なぜ俺がここまで戦えるのか理解できないという表情だった。

ほとんどダメージがないとはいえ、現役の冒険者が、それこそ何段も格が違うルーキーに翻弄《ほんろう》されている状況。

ただ普通に攻撃するだけで終わるはずだった相手がなぜか仕留められない。プライドが崩壊してもおかしくない状況だ。

「なんで倒れないの……もうずっと前からＨＰは０でしょ」

あいつの言う通り、おそらく俺のＨＰはかなり前から０のはずだ。

血塗《まみ》れでボロボロでもこうして立っていられるのは、システムに頼った力じゃなく俺自身の能力だ。男の子の意地ってやつだ。

だからこそ、ＨＰ０になれば終了に等しい世界で生きている人間には奇異に映るのかもしれない。

「０になろうが、俺の体は壊れてない。俺を止めたいなら五体バラバラにでもするんだな」

「馬鹿じゃないの!?　おとなしく殺されるだけで終わる話なのに、死んだって生き返るのに、なんでそんな状況でそんなに抵抗するの」

「はっ、死んだら生き返るからおとなしく殺されろってか。……そっちこそ馬鹿じゃねーの。何もしないで諦める奴に次なんてあるかよ。何もしないで諦める奴が、生き返ろうがやり直そうが先に進めるわきゃねーだろ。……冒険者がそういう職業なのは分かるさ。死ぬことが当たり前で、それが日常になるっていうのなら、そりゃトライアルで死んだ経験くらいはするべきだろう。わざわざ中級ランカー様がルーキーにご教示いただけるっていうんだから、ありがたくて涙が出るよ。そう、理解はできるさ――

――だが、気に入らねぇ」

俺が意地張って、ここまで立っていられる理由はそれだけだ。

こんな試練を用意した奴も気に入らないし、それでおとなしく殺されると思ってるこいつも気に入らねえ。

ユキにあんな顔させちまった俺自身もだ。

「剣も折れて、武器がないのにまだやる気なの」

「やるさ。俺はまだお前をぶっ殺すことを諦めてない。腕一本になろうが、最後まで抵抗してやる」

「……狂ってんじゃないの」

今更だな。わざわざ言われなくても、ずっと昔から狂ってんだよ。自覚症状ありの本格派だ。狂ってるからこそ譲れない一線っていうものがあるんだよ。

俺は無手のまま、チッタを迎え撃つために構える。

格闘技の心得はない。検問のホモに掛けたプロレス技はただのお遊びの範疇《はんちゅう》だし、柔道も学校の授業で習っただけだ。

だが、こうして話していて、第二層で目の前の猫耳が言っていたのを思い出した。

体術は全般的にクリティカル率が高いとか、確かそんなことを言っていた。

戦っている相手の言葉だし、素人の体術で意味があるとは思えないが、それに期待してみるのもいいかもしれない。どうせ、アレ以外に碌な手段はないのだ。

チッタが相変わらずのスピードで襲いかかってくる。確かに速いが、なぜか姿を消すことはしない。

こんな場面で考察する余裕などないが、やはりあれにも何か条件があるのだろう。

一撃、二撃と超スピードの剣撃を躱《かわ》す。そして、間を置かずに走ってきた腹に向けた三撃目に対し、俺は敢《あ》えて受けることを選択した。

急所は外したものの、腹にチッタのナイフが突き刺さる。

「――――え？」

これほど簡単に当たることを想定していなかったのか、唖然《あぜん》とした表情を見せるチッタ。

これまでやってきた、〝肉を切らせても骨は断てない〟戦法を更に進めただけだ。

剣もないのに、拳で打ちあって足を止められるはずがない。だったら攻撃を受けて、足を止めてから反撃すればいい。ダメージの見込みがなかろうが、肉くらいいくらでもくれてやる。

俺は腹にナイフを突き刺されたまま、チッタの襟を掴んだ。

「……捕まえた」

そこから狙うのは背負投げだ。

ミノタウロス戦では、あまりの体格差に不可能だった〝柔よく剛を制す〟もこいつ相手なら可能なはず。

「うおらあぁっ!!」

予想通り、ＨＰの壁は投げ技には関係ない。叩きつける衝撃は緩和されるかもしれないが、投げること自体は可能だ。

何が起きたのか理解できないという表情で、チッタの体が宙を舞う。

ダメージはないかもしれないが、柔道のように手を引くようなことはせず、むしろ力を込めて地面に叩きつけた。

「うぶぉっ!!」

背中を叩きつけらた衝撃でチッタの口から息が漏れる。ひょっとしたら、ＨＰはこういう内部への衝撃も通してしまうのかもしれない。

相変わらず腹にナイフは刺さったままだが、相手を地面に転ばすことには成功した。

そして、俺の本命は次だ。

俺はそのままチッタの左腕を掴み、腕拉《ひし》ぎ十字固めに入る。

我ながら惚《ほ》れ惚《ぼ》れするような、流れるような動きで完璧に腕拉ぎが決まった。

「ニャあぁっ!?」

こいつが関節技を喰らったことがあるかどうかは知らない。だが、知ってようが知るまいが、これは力だけで抜けられるものじゃない。

このまま、腕の靭帯《じんたい》を破壊、可能なら骨を折ってやる!!

「あああぁ――――っ、離せっ！　離せぇっ！」

固めた腕に、確かな手応えを感じる。

これで確信した。ＨＰは外からの攻撃には効果を発揮するが、関節や、体の内部に対しての直接ダメージには無力だ。

悲鳴のような声をあげながら、チッタが右の手に持ったナイフを俺の足に突き刺してくる。

「つぐうぅぅっ!!　痛くねぇっ！　全然大したことねぇっ！」

離してたまるものか!!

ここまでで最大のチャンスだ。同じことをやれば警戒される。おそらくこれを逃せば次はない。

全力でチッタの靭帯を粉砕しにかかる。腕一本でも取れれば、戦闘力は大幅ダウンだ。手足を一本ずつ破壊していけばまだ勝機はある。

「だぁらぁあああっ!!」

その時――
――チッタの腕から、破滅の音が鳴った。

「うぎっ！　ぎゃあああっ!!」

取った。確実にチッタの左腕を粉砕した。

だが、まだだ。ここで手を緩めて、逃げられれば体勢を整えられる。畳みかけろ!!

俺は腕を離し、痛みで動けていないチッタに対し、次の行動に移る。

チッタの首に手を掛けて体を起こし、背後から首に手を回して、そのままスリーパーホールドを仕掛ける。

「ぐっ……はっ!!」

気管を締め上げ、強制的に呼吸を遮断する。

チッタは必死に抵抗するが、締め技も関節技も、知らなきゃ抜けようがない。

ここだ、ここで決めさせてくれっ!!

「あああああっっ!!」

「んぎぃいぃいぃいっ！」

全力で首を締め上げ、絶対に離すまいと力を集中させる。

だが、このまま終わるかと思った次の瞬間、チッタは残った腕で、俺の腕にナイフを突き立てた。

「がぁあああっ!!」

俺の痛覚、仕事すんじゃねぇっ!! 絶対に離してたまるか!!

痛い、痛い、痛いっ!! 痛くねぇええっ!! 痛くねーんだよっ!!

「んぎっ、がっ、はっ！」

何度も何度もナイフを突き立てられ、俺の左腕から血しぶきが舞う。ナイフが骨にあたり、筋肉が断裂し、神経が切断されていく。

まずい、まずい、駄目だ、離すんじゃねぇっ!!

限界まで痛覚を遮断しホールドを続けるが、劇的に力が入らなくなっていくのを感じた。

俺の左腕が逆に破壊された。


「んにゃあああっ!!」

力の緩んだ腕からチッタが脱出し、次の瞬間、強烈な肘打ちを顔面に喰らう。

外された。逃げられた。どうする？ 駄目だ、ここで逃しちゃいけない。

肘打ちでたたらを踏まされた俺は、何も考えずに頭から再度チッタへ突進した。

「ぉほっ、がふ……ぐぅっ!!」

立ち上がったチッタの腰に組みつくことには成功するが、次がない。

ＨＰがいくらあろうが、投げ技、絞め技、関節技は通用する。それは分かった。なら、このままバックブリーカーか、引きずり倒してマウント取るか。

駄目だ、力が足りない上に片腕が致命的な損傷を受けている。使い物にならない。

「や、やめっ……放せ、放せえええっ!!」

何かしてくるのかと脅威を感じたのか、恐慌に駆られたチッタは腰にしがみつく俺の背中にナイフを突き立て始めた。

「〰〰〰〰っ!!」

声にならない悲鳴をあげる。

「放せ、放せっ、放せっ!!」

二度、三度と、ナイフが突き立てられるのを感じる。

馬鹿やろう、もう力なんてねーよ。一体、これ以上何ができるって……

……ああ、あるじゃねーか、切り札が。忘れんなよ。


「……使うのを忘れてたよ」

「……え」

俺が出した声に反応して、一瞬だけ力が緩むのを感じた。

「つらぁぁあああ――――っっっ!!」

俺はその瞬間、そのまま体を押し出し、チッタの体を押し倒す。

マウントを取っても、その後がない。だから、あと残された手段は一つしかない。

チッタを押さえつけたまま、間髪いれず、俺は残された手でカードを取り出した。

「なっ……なん……」

「《マテリアライズッッッ》!!」

光を放ち、物質化を始めるカードを宙に放る。


「……大本命の最終手段だ。押し潰《つぶ》されてくたばれ」

「なっ……ぅあああああっっ!!」

俺たちの真上で、その巨大質量が物質化していくのを感じる。

それは、あっという間に巨大化、元の姿を取り戻し、俺たちを覆う影を差した。

俺は、チッタが逃げられなくなるギリギリのタイミングを見計らい、全力で横に飛び退《の》く。

次の瞬間、物質化した〈ミノタウロス・アックス〉が、轟音《ごうおん》と共にその巨大な質量を地面に突き立てた。

∞ 第九話「飢餓の暴獣」

「はぁっ、はあっ、はあっ………」

全力で飛び退《の》き、〈ミノタウロス・アックス〉の墜落から間一髪のタイミングで逃れた。

大質量が墜落したそこには土煙が上がり、視界が遮られる。


こんな時に唐突だが、フラグという言葉がある。

本来の旗という意味ではなく、ゲーム等で使われるイベントフラグのことだ。平成日本ではお約束のようにネタとして使われるあれのことだ。

『俺、この戦争が終わったら故郷に帰って結婚するんだ』とか。

『こんな場所にいられるか！　俺は部屋に戻らせてもらう』とかは、言った次のシーンで登場人物が死ぬ、いわゆる死亡フラグである。

これまでほとんど出番がなかったキャラクターに、急に焦点が当たったりすることも死ぬ前触れだ。

他にも、逆の意味で使われる生存フラグとか、恋愛フラグだとかも存在する。

ここでご紹介したいのが、次のパターン。

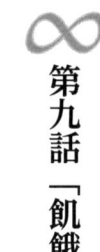

戦っている相手に起死回生の必殺技を放つ。土が巻き上げられて、見えないけど直撃したはずだ。と、いう状態で使われる『やったか!?』というセリフは『やってない』フラグである。

そう、まさにこの状況で使われるセリフだ。

だから、俺はそのお約束を信じ、『やったか!?』なんて口が裂けても言わない。……い、言わないんだからねっ！

……まあ、実際のところ、言おうが言うまいが、結果は変わらないんだけどな。

ほら、土煙の中に、人影が立ち上がるのが見えた。


「は、……いい加減死ねよ」

さて、万事休すだ。

マジで手がねぇ。あれが正真正銘、最後の手段だった。あれで仕留められないとなると、ちょっと本気でどうしようもない。

つーか、血が足りな過ぎてこのまま立ってても死ぬ。限界とか超銀河飛び越えて天元突破済みだ。実際なんで立っていられるのか自分でも不思議だ。

煙が晴れ、その中に立つ人影が姿を現し始める。見慣れた猫耳のシルエットが見えてきた。

「やってないのか」

一縷《いちる》の望みをかけ、逆フラグに賭けてみる。

いや、いくらなんでも無理だというのは分かるがどうしようもない。こんなアホなセリフで、実は「やってました」、とかだったらギャグにしかならないぜ。

「…………」

土煙の中から姿を現したチッタは、贔屓目《ひいきめ》に見てもボロボロだった。

左手は折れ、ダランとぶら下がったまま動かない。

〈ミノタウロス・アックス〉が直撃したのかどうかは分からない。でも、その表情は痛みと怒りに溢《あふ》れ、俺への殺意が質量を持って滲《にじ》み出しているように見えた。

「正直なところ……」

何か語り始めた。

そっちはまだ余裕そうっすね。

「正直なところ、どんなに控え目な評価でも、規格外ルーキーなんて言葉じゃ足りない化け物だと思う。二人のどっちもそうだと思うけど、君のほうはそこから更に群を抜いてて、あたしの貧相なボキャブラリーじゃ言い表せない」

化け物呼ばわりっすか。俺は、あんたのほうが化け物みたいに感じるんだけどね。

こいつで中級の下位ランカーとか、冒険者たちはちょっとありえないレベルの化け物だ。一人いれば国が滅ぼせるんじゃねーか？

「最初から、特に君のほうは規格外のルーキーだって分かってた。でも、どこかでやっぱりルーキーと舐《な》めていた。……既成概念ってのは怖いね。君たちみたいな規格外を、そうだと分かってても自分の認識の枠内で考えようとしちゃうんだから。……認めてあげる。君たちは間違いなく上に行く。あたしなんかが絶対辿《たど》り着けない領域へ、それも早々に……。だけど……、ここは負けてあげない」

後輩へのご祝儀で負けてくれませんかね、いや、ほんと。

「もう油断しない。今、この場では、確実に仕留める」

そう言うと、チッタは俺に近付きもせず何かを投擲《とうてき》してきた。

「んぐっ……」

それを肩に受けるまで、一切の反応ができなかった。

俺の肩に刺さったのは針。裁縫針とかそういう大きさではない、何十センチもの長い針だ。

「つが……」

もう一本、今度は腹に刺さった。

こいつ、まさか近付いてこないつもりかよ。

「……はは、大人げないいんじゃないっすかね」

そんなことしなくてもあと一押しで死ぬ。〝オレは実はあと一回刺されただけで死ぬぞオオ！〟状態だ。相手がソードマスターじゃなくても死ぬ。

それなのに、ここに来て安全策かよ。

死ぬ間際に最弱四天王フラグ残してやるぞ、コラ。俺を倒してもまだ三人の頼光《よりみつ》四天王が残ってるんだからな。会ったことないけど。

「近付くと何されるか分からないし。実際されたし。……もう近付かない。ユキと違って、君に遠距離の攻撃手段がないのは分かったから、こうして確実に仕留める」

嬲《なぶ》り殺しかよ。

「んぎっ……」

今度は二本まとめて飛んできた。何だ、俺をハリネズミにでもする気かっての。

一本一本は大したダメージじゃない。だが、既に抵抗手段がないに俺にとって、じわじわと攻撃されるこの手法は拷問に等しい。

この投擲スピードじゃ、《回避》、《緊急回避》の反応も間に合わない。

足、腹、腕、胸、たまに外れることもあるが、無数に飛んでくる。一体どこに隠し持っていたというのやら。

時々ナイフも飛んでくる。矢も飛んでくる。もう俺は、ハリネズミや剣山と見分けが付かない状態だ。

はは、さっさと殺せよ。最後っ屁《ぺ》くらい残してやるから。

俺は、チッタに向けて歩き出した。

……なんで俺、歩いてるんだ？

こんなにゆっくり近付いたって、あっちは離れるだけだ。

もういいだろ。十分じゃねーか。いくらなんでも、ここまでやって意味がないなんて言われねーよ。

一歩。また、一歩。

こうしているうちにも無数の針が、ナイフが飛んできて、俺に突き刺さる。

……誰に言われるんだよ。誰が俺に文句を言うんだよ。

ユキか？　フィロスたちか？　ギルド職員か？　リザードマンのおっさんか？　目の前の猫耳か？　それとも名前も知らない魔法使いか？

他に知り合いいいねぇけど、そんなこと誰も言わねえよ。

……文句があるのは俺自身だけだよ。俺が俺に情けねえって文句垂れるんだよ。

もう一歩。もう一歩。

残された力で、意味もなく進む。チッタは最大限に警戒して、距離を開けようとはしない。常に一定距離だ。

「んぐぁうっっ!!」

目に針が突き刺さる。視界が半分奪われ、脳天まで突き抜けるような痛みが走る。

痛い。痛い。すげえ痛い。……でも、痛いってのはまだ生きてるってことだ。

なら、まだやれるんじゃねぇ？　あと一回くらい、まだ何かできるんじゃねーか、俺。

……いや無理だろ。

大体何をやるんだよ。実は左手に隠されてた謎の力が目覚めたりするのかよ。

手がまだあるなら頑張れる。立っていられる。だけど、もう何もないんだ。素寒貧でＢＥＴするチップもない。

ああ、意識が消える。……立っていられない。

ここが、俺の限界……か。

わりかし頑張ったほうじゃねぇ？

「……ああ」

……腹、減ったな……。

◆◇◆

心臓の……跳ねる音が聞こえた。

体が跳ね上がるような感覚があった。

極限まで薄れていく意識の中で、俺の体が、何かとてつもなく凶悪なものに塗り潰《つぶ》されていくのを感じた。

「……え」

遠くで、誰かが息を飲む音が聞こえた。

ニャとか、そういう小賢《こざか》しいキャラ付けを放棄した猫耳の声だ。

俺の体はまさにスクラップ寸前。

廃棄される間際で、あとは鉄くずになるだけのオンボロ車のような状態。ベルトコンベアーに載せられて、マジで圧潰される五秒前だ。

……こんな状態で、なぜ。

なぜ、既視感を感じるのだろうか。

おっさんと戦った時も、ミノタウロスとの戦いでも、ここまで盛大に追い詰められてはいない。

なのに、かつて同じことがあったと感じる。

ならば、故郷で戦った派手なオークとの……いや、あの時だってここまでは……。

——心臓ではない何かが、俺の中で鼓動した。

心臓が血液を巡らせるように、その鼓動するものが、俺の体へ何かを巡らせようとしている。

視界が暗転する。意識のブレーカーが落とされる。

正常な俺は用済みだ、すっこんでろと舞台端へ追いやられる。

だが、俺は落とされた真っ暗な意識の中で、それでも尚《なお》、何かを感じていた。

「ぐ……ぐぅぅうヴヴヴ……」

無意識に、俺の口から獣のような唸《うな》り声が漏れる。

無数に突き刺さった針の奥で、肉が盛り上がっていくのを感じる。体が無理やり再生されていく。体中を、血液ではなく煮え滾《たぎ》るような野獣の本能が駆け巡る。


これは……なんだ。

俺がナニモノか、別の存在に塗り替わっていく感覚。

真っ黒なクレヨンで、画用紙に描かれた俺という絵を塗りつぶすように、存在が急激に描き変えられていく……。


かつて戦った派手なオークの姿が蘇《よみがえ》る。

けど、浮かぶその映像は記憶にないもので、派手なオークは何かに怯《おび》えるような、まるで化け物にでも食われる瞬間のような恐怖に歪《ゆが》んだ顔をしていた。


ああ、そうか……。

理解した。……理解してしまった。


これが、あの時の真実。あの時に目覚めた俺の力。

俺自身を野性の獣と化す、狂気の力だ。

「ガァァアアアアアアアアァァァァッッッ!!」
口から放たれるのは咆哮《ほうこう》。
何者でも食い千切って、捕食してやるという、誓いの雄叫《おたけ》びだ。
遠くにいる、俺を攻撃する対象を捕捉する。
チッタの、ひどく怯えた顔が目に映った。
ああ、何を怯えている？　貴様は俺を狩りに来た狩人だろう。そんな体たらくなら……

――俺が喰《く》うぞ。

「グウゥゥウオオオオオァァァァッッッ!!」

俺の意識が浮上する。
強烈な獣性が体中を駆け巡り、恐ろしいほど強大な力が湧き上がってくるのを感じた。
今なら、あいつの場所まで一瞬で駆けていけそうだ。

――Passive Skill《飢餓の暴獣》――

習得した覚えのないスキルが発動したのを感じた。

地面を蹴る。あの獲物の元まで早く、速く駆け抜けろと体に語りかけながら。

あまりの高速に意識すら置き去りにして、俺は全力で疾走する。

◆◇◆

その距離はおよそ数十メートル。

本来であれば、針の雨を掻《か》いくぐって走破することなどできないはずの距離を、僅《わず》か数歩で詰めた。

空気の壁すら食い破る弾丸のように、人間という殻の限界を超えて。

「おぉぉおおおおっっっ!!」

あまりの展開に驚愕《きょうがく》し、目を見開くことしかできない獲物にその勢いのまま拳を叩《たた》きつける。

「いぎっっ!!　はっ！」

拳が砕けるようなとんでもない破砕音をあげ、奴の顔面に俺の攻撃が突き刺さる。

二発、拳を叩き込み、今度は蹴りを放つ。

全身を包む凶悪な力に、骨が軋《きし》み、肉が裂け、それでも尚戦い続けろと雄叫びをあげる。闘争本能が体を突き動かし続ける。

「ぐはっ!!」

これほどまでに強烈な力を加えて尚、猫耳のＨＰは俺の攻撃を阻む。

まだ足りない。こいつと俺の能力差は、まだこんなにも隔絶しているというのか。

ＨＰの壁がまどろっこしい。

《看破》を起動し、ＨＰゲージを表示させたまま、追撃。更に一発、……二発！

攻撃の度に見ても、ゲージは僅かにしか減少していない。ステータスの差は大きくのしかかってくる。

だが、さっきまでとは違う。攻撃自体は通っている。微《かす》かでもダメージは与えられている。

もっと速く、もっと力を込めてと、拳を、脚をマシンガンのように叩きつけていく。

ここまで来たんだ。腕だろうが、脚だろうが、砕け散るまで奴の体に叩き込め。

徐々に、本当に徐々にだが、ゲージの残量は減少を始めた。

「ば、化け物っっ!!」

「あああああっ!!」

頭突きを顔面に叩き込んでやると、鼻がひしゃげ、血が噴き出した。

こっちは俺の頭蓋骨《ずがいこつ》が粉砕して脳みそが飛び出しそうだ。何でできてんだよ、お前の顔。

「ひ、ひぃぃぃっ!!」

怯え、腰を抜かし、後ずさる獲物……チッタ、いや、猫耳。いや、なんで言い直すよ、俺。

猫耳はそのまま、俺から距離を取ろうと、後ろに飛び退く。

逃すかよっ!!

今なら、今だけなら、それを追撃する俺のほうが速い。

一瞬で距離を詰めた後、そのままドロップキックを放つ。

もはや弾丸と化した蹴撃で、何メートルもの距離を空中旅行だ。世の中の情けなんて感じたことはないが、強制的に旅の道連れだ。

「んぎぃぃぃっ!!」

着地後に、倒れている猫耳へ追撃のストンピング。

これでもほとんどダメージがないっていうのは、一体どうなってるんだっていう感じだが、まあいい。何度でも叩き込んでやろう。


倒れこむ猫耳に対しマウントポジションを取った。

ひたすら顔面を殴る。殴る。殴る。

俺の手が血しぶきをあげ、チッタの顔面が赤く染まる。ダメージを受けているのは攻撃している俺のほうだ。

拳から骨が露出しているが構うものか。とっくの昔に痛みなんて感じてない。

こんな異常な状態がそう長く続くわけがない。どれだけの間もつのか分からないが、その間でできることはすべてやれ!

だが、いくら殴っても碌《ろく》にゲージは減少しない。

「た、助け……」

戦意を失い懇願する猫耳の、折れていないほうの腕を持ち上げ、その手首に手錠をかけた。

「な、ななにを……」

「もう逃さねぇ。ここからは根気勝負だ」

俺の左腕にも手錠をかける。逮捕完了だ。

これなら、左腕が折れているこいつにまともな抵抗手段はないはず。……ないよな？

残った右手で腰から最後の武器である手斧を取り、マウントポジションのまま猫耳の顔面へと振り下ろす。

「うらぁっ!! あっ!! あああっっ！」

「ひぃっ、ひぁ、やめ、やめてっ！」

HPの壁は厚い。その分厚い壁を粉砕すべく、手斧を何度も叩きつける。

こうして間近で見ると、HPの壁は当たる瞬間、僅かに発光現象を起こしているのが分かる。

斧《おの》を叩きつけながら、そのあまりに強力な防御力に嫌気がさしてきた。どんだけ頑丈なんだ。

「んのぉっ！ さっさと、死ね!!」

今、猫耳には、俺の姿はどう映ってるんだろうか。

自分では分からないが、猫耳は目の前に深きものどもでもいるかのような怯えっぷりだ。あの派手なオークと同じだ。

「だあああぁらぁっ!! ぃあっ！ いぁあっ！」

こんなんじゃ別に邪神は召喚されない。というか、こいつにとっては俺が邪神に見えるだろう。それとも巨大な、あのミノタウロスのような巨獣だろうか。いや、こいつはミノタウロスは楽勝とか言っていたからもっとかもしれない。

じゃあなんだ、ドラゴンでも対峙《たいじ》しているような恐怖でも感じてんのか？　俺、どんな状態だよ。

斧を振り下ろしながら、ドラゴンに捕食される猫耳を妄想する。


……ん？

何か、頭の片隅に、引っかかるものがあった。

それも、こいつが俺たちにレクチャーしたことの一つだ。

「ひぁうえ……」

俺はその思いついたことを試すため、斧を止め、手錠に掛かった猫耳の右手に顔を近付け……

「ひゃ……なにを……」

その指を噛《か》み千切った。

——Action Skill《食い千切る》——

「んぎゃあああ————っ!!」

猫耳の絶叫が響く。

食い千切った指から、噴水のように血が噴き出した。

……なるほど、そういうことか。……そういうことだ。

恐怖を煽《あお》るために口の中の猫耳の指をチラリと覗《のぞ》かせ、骨ごと噛み砕き、音を立て咀嚼《そしゃく》する。なんかよく分からないが、骨だろうが余裕で噛み砕けた。

「んひっ、ひぃ……ひっ」

「……てめえ言ってたな、モンスターの噛みつき攻撃に気を付けろって」

……クリティカルだ。

先程、俺の体を変質させる勢いで発生したスキル《飢餓の暴獣》、あるいは本当にスキル名なのか疑わしい《食い千切る》。

これらのスキルで何かしらの補正が掛かってる可能性が高いが、指は簡単に《食い千切》れた。

「だったら、お前を食ってやればいいわけだ」

「〜〜〜〜っ!!」

悲鳴にならない絶叫をあげる猫耳。

俺は、怯え、もはや抵抗すらできない猫耳の、……首に噛みついた。

◆◇◆

結局のところ、あいつの言った通り〈ＨＰ〉ってやつはただの壁で、肉体強度そのものを引き上げてくれるわけじゃない。

〈防御力〉という形で補正されたその能力は、外的な攻撃から身を守るための膜を作るだけで、その膜の内側から発生する力に関しては無力だった。

加えて、ここまでの感触だと、クリティカルなどで発生した肉体の損傷も〈ＨＰ〉が代替して、ある程度回復させるらしい。

手足の……今回のように指でもいいが、一部が欠損した場合は止血、補修などはされるが、復元はしない。

部位の復元にはきっと何か専用のスキルが必要なのだろう。トカゲのおっさんはトカゲなわけだからそういう種族特性を持っているかもしれない。

猫耳の首を噛み切り、まともな人間なら即死という場面で急速にＨＰが減少を始め、その傷を回復させようとする現象を目にした。

だが、ＨＰだけで治療するにはその傷はあまりに深く大きいためか、ＨＰ全損の前に猫耳は事切れた。

と、〈ＨＰ〉の仕組みはこんな感じなのだろうと、俺は疲れて冷えきった頭で、ある程度の結論を出していた。

「……終わった」

既に事切れていた猫耳の体が魔化を起こし、消えていく。俺と手錠に繋《つな》がれたままの左手も同様に消えた。

繋ぐものがなくなり、一気に脱力した俺はその場に大の字になって転がる。

「…………疲れた」

ひどい戦いだった。

始まりの経緯から、内容、その決着方法に至るまで、どれもこれもが最悪だ。

トドメなんて、映像的に発禁処分ものだろう。この動画見る奴がいるとしても、ドン引きするんじゃないだろうか。俺が既にドン引きだ。

噛むって行為は、そりゃ動物にとっての最も原始的と言っていい攻撃手段だ。野獣やモンスター、どこかの塩漬けされたジュラ原人ならともかく、俺がそれを武器にするとは思わなかったが。

というか、ユキは確実に動画を確認するだろうから、ビビらないように事前説明したほうがいいだろう。

……コンビ解消とか言わないよな？　あまりにひどい絵面だから、縁切られるかも。

「ああ……それにしても、終わったな」

気持ちの悪い、赤黒い空を見上げる。

あの空と同様、このイベントを考えた奴は性格歪みまくってるに違いない。

それがダンジョンマスターだとしても、一発くらい殴ってやりたい。ほんともう、ふざけんな。

「しかし、何だったんだあのスキル」

《飢餓の暴獣》と《食い千切る》なんて表示が出たが、習得メッセージは出ていない。

つまり、ミノタウロス戦で最後に使った《強者の威圧》とは違い、既に習得していたものということだ。

真っ先に思いつくのは、あの、派手なオークとの一戦だ。

記憶にない空白の部分であのスキルが発動したとするなら、奴らを殲滅《せんめつ》できたのも頷《うなず》ける。

あの瞬間、まさしく俺は暴獣だった。

パワー、スピード、本能、すべてが人間のカテゴリから外れ、獣のそれになっていたように感じた。

正義の味方説じゃなくて、本当に隠れた力が目覚めた説のほうが正しかったのか。

つまりあれだ、俺はあの派手なオークを《食い千切》ったわけだ。……どっちがモンスターだよ。

「土壇場で目覚める、起死回生のスキルにしてはグロいスキルだ」

間違ってもヒーローのスキルではない。もっと悍《おぞ》ましい、何か別のものだ。

目覚めるなら、もうちょっと格好良いのがよかった。なんかこう、体の一部に謎の紋章が浮かび上がったりとか。

しかし、初めて人を食い殺したが、別段何も感じない。やはり、俺はどこか壊れているのだろう。

……いや、まったく感じないわけじゃないな。

「……不味《まず》かったな、あの猫耳」

猫獣人が人間と同じカテゴリでいいのかどうかは分からないが、人なんて食うもんじゃねーな、と思った。

指と首を《食い千切》っただけだが、倫理的にも二度と食いたくない。あれならいくら不味かろうがゴブリン肉全身フルセットのほうがマシだ。

リザードマンのおっさん、強化型ミノタウロス、猫耳とギリギリの戦いが三回も続いたわけだが、こんな極限の戦いはしばらくなしにしたい。

もうちょっとくらい楽な戦いでも罰は当たらんだろうに。トライアルなのに、何度死にかければいいんだよ。

トライアルダンジョン　隠しステージを攻略しました
おめでとうございます。トライアルダンジョン完全攻略です
出口より帰還の上、ギルドの指示に従い手続きを行ってください

「お、……おお」

クリアのシステムアナウンスに合わせて、これまでなかった盛大なファンファーレが流れる。

こういうところは完全にゲームだよな。

「……帰るか」

うんしょ、と重い体を引きずるようにして立ち上がる。

いい加減帰って寝たい。別にルール上はここで寝てもいいのかもしれないが、こんなスプラッタな現場で寝たくない。

というか、まだ借りたはずの寮の部屋すら見ていないのだ。これは一体どういうことなの。

こんなに濃密なイベントだらけだったのに、迷宮都市に来てから定食屋とギルド会館とここしか移動してないぞ。


周りを見渡し、出口を探す。

俺たちが使ったワープゲートは既にないため、このコロッセオもどきから出れそうなのは猫耳が出てきた門だけだ。ミノタウロスの時もそうだったし、今回もそうなのだろう。

疲れた体を引きずり、出口を目指し……一度、門近くまで来てから、忘れ物がないか一応確認したほうがいいんじゃないかと思って引き返した。

後片付けはちゃんとしないとママに怒られちゃう。今世の母親はそんな人じゃなく、何しても怒る人だったけどな。

親はどうでもいいが、こんなところに置き去りにして、ユキのアイテムがロストでもしたら可哀想だろう。

だが確認してみると、ユキの荷物は本人と一緒に消えたようで跡形もない。例の毒ナイフもない。そういえば、猫耳の荷物もそうだ。戦っている間は刺さったままだった針も消えている。あれはあいつの持ち物だから一緒に消えたのだろうか。

残るのは強烈な存在感で地面に突き刺さっている〈ミノタウロス・アックス〉だが、さすがに持って帰れる気がしない。……でか過ぎるだろ、これ。

記念だし、値段次第では売ることも考えていたので、一応持ち上げてみようと挑戦してみる。

「ふぎぎぎぎ……」

……ダメだ。

柄は何とか持ち上がるが、本体部分が重過ぎてビクともしない。

引きずるのも無理だな。ちょっとだけ動くが、どれくらい時間かかるか分かったもんじゃない。これを回収するには重機が必要だ。

一応記念品だし、持って帰れるなら持って帰りたかったんだがな。……ここでさよならか。

しかし、こいつの直撃喰《く》らってピンピンしてるとか、何事なの。何なの、あの猫耳。『もう油断しない』じゃないよ、まったく。ルーキー相手なんだから、もっと油断してくれ。

そういえば今更だが、猫耳との戦闘で傷ついた箇所が治っているな。貫かれたはずの目も見えてる。多分《飢餓の暴獣》とやらの影響だろう。

あまりよく覚えていないが、あの時急激に傷が再生していくのを感じた。その後も拳が砕けたり皮膚が裂けたりしたが、あれも治ったのか？

色々むちゃくちゃなスキルである。《食い千切る》といい、とても人間が習得するスキルに思えない。


斧は諦めて、そのまま再度出口を目指すことにする。

門をくぐり、ミノタウロス戦の後のような長い通路を歩いていくと、またもや同じようなワープゲートが待っていた。

隠しステージだからかもしれないが、使い回しが過ぎる。第五層のものとまったく同じだ。

「もうちょっと、なんとかならなかったのか」

それを指摘する者もいなかったのか。……そもそも、初挑戦者だったな、俺。

「さて、つらーく、ながーいトライアルもこれで終わりです。俺たちはやり遂げました。前人未到の初日クリアです。レコードホルダーです。死んでもいいはずなのに一回も死んでません。おー、パチパチ…………」

…………虚《むな》しい。

「……はぁ」

ユキは死んじまったよ。……くそ。

ダンジョンに入った時は三人だったのに、同伴者の猫耳すらぶっ殺して、ここに立っているのはたった一人、俺だけだ。

少し前のことなのに、ユキと第五層のワープゲートをくぐり抜けたのが、ひどく昔に思えた。

あれだけの苦難を乗り越えてきたんだ、一緒にゴールしたかったよ……。

トライアルはもう終了だ。この隠しステージはオマケに過ぎない。本当のゴールを、二人でくぐることはもうありえないのだ。


死んで、どんな形で復活するかは知らないが、戻ってるはずのユキを拾って飯食いに行こう。いや、このままだと飯食ってる最中に寝落ちするから、寝るのが先だな。

でも、どんなに疲れて眠くても、先にユキは迎えに行かないと……。この流れであいつを放って帰るのは人として駄目だろう。

システムメッセージでは何か手続きしろとも出てたし、色々やらないといけないことが多いな。大変だ。


こんな凄惨《せいさん》なイベントも、生きているんだからいつか笑い話になるだろうか。

その時は二人で盛大に、ルーキーなんかに負けた猫耳を笑ってやろう。

会ったことはないが、デュラハンのテラワロスさんも誘ってみよう。きっと盛大にあの猫耳をこき下ろしてくれるに違いない。

「あー、腹減った」

一人だと、考えごとばかりだ。

俺は、やるせない気持ちを抱えたまま、ゲートをくぐった。

◆◇◆

ゲートをくぐり、地上に出ると思ったら、またしても不思議空間である。いい加減にしろ。

天井も、床も、壁はないが地平線の彼方《かなた》まで、どこまでも白い空間。

床は真四角に区切られたグリット線が、均等間隔に広がっている。ゲームでいうデバッグルームとか、格ゲーのプラクティスモードで使われるような部屋だ。

これだけ白いと、精神的な拷問に使われる白い部屋があるという話を思い出すな。

「何だこれ。また隠しステージか？　もう何でもいいぞ。いくらでも掛かってこいよ」

もはや邪神と化した今の俺には怖いものはないぞ。いあいあ。

だが、返事は返ってこない。これじゃただの独り言だ。……何かのイベントじゃないのか？

一応、近くにそれっぽい物体がある。これで何かイベントが発生するのだろうか。

白い空間にポツンと立つ黒い石柱……モノリスのような物体の前に立ち、それに触れると、メッセージが表示された。

トライアルダンジョン　隠しステージ攻略おめでとうございます
完全攻略を讃《たた》え、あなたにはダンジョンマスターとの謁見《えっけん》の権利が与えられます
準備がよろしければ、下のＯＫボタンをクリックしてください

システムメッセージのような文章が黒い画面に表示された。

「なんだこりゃ」

文面通り捉えるなら、これを触るとダンジョンマスターに会えるのか？

聞きたいことはあるし、いつかは会って話がしたいとは思っていたが、こんな早いタイミングで機会があるとは思ってなかった。

正直、聞きたいことがまとまってないんだが……。

それに、どんな相手かも想像がつかない。この迷宮都市の偉いさん、ひょっとしたら最高責任者なわけだから、他の街であれば領地持ちの貴族だ。

迷宮都市の特殊な立ち位置や規模から考えたら、ほとんど王様って言ってもいいかもしれない。

……いや、あのミノタウロスや冒険者の異常な性能を体感した今だから思うが、この街、世界征服とか余裕でできるんじゃねーか？

そんな集団の頂点に立つ人間……人間かどうかは分からないが、ダンジョンマスターってそういう存在なわけだろ？

そんな相手と会っても、話し方とかマナーとか全然分からないぞ。元日本人なのは間違いなさそ

うだから、とりあえず正座してればいいのかな。

それとも、これはトライアルのボーナスで、謁見の相手は冒険者だって分かってるわけだから、そこまで気にする必要はないんだろうか。

ユキとかいればこんな時に相談できるんだが……、あ、いや、あいつはこんな状況だとテンパるな。せめて普通の王様だったらいいが、魔王のような奴だったらもっとヤバい。

周りにドラゴンとかの超強力モンスターを従えて、大上段から平服しろって言われたら、確実に土下座する自信がある。

ギルドごと転移してきた、Lv100の骸骨さんとかが玉座に座ってたら泣くかもしれない。

そんな中での質問とか、圧迫面接ってレベルじゃねぇ。俺、全体攻撃の爆発魔法とか使えないぞ。

なんか、押すのが怖くなってきたでござる。

「……でも、そういえば俺に選択肢なくね？」

ワープゲートは一方通行だから戻る道はない。

周りを見ると、見渡す限り真っ白だ。地平線の彼方まで何もない。じっと彼方を見てると気が狂いそうになる。

ここを離れたら戻ってこれない自信があるぞ。そもそも、ここ以外に何かある保証もないし。謎の空間で行方不明とか冗談じゃない。

……先に進むしかないのか。

ボーナスの受け取り拒否は不可ということだ。

じゃあ、こんな回りくどいことしないで、直接飛ばせばいいじゃねーか。ダンジョンマスターに会う前に心の準備をしろってことか？

……まあ、あの猫耳が出てきたみたいに、隠しイベントといわず、ボーナスというくらいだから悪いようにはならんだろ、多分。

一瞬、『この苦痛が余からの攻略ボーナスだ、受け取るがいい、ふわははは』と高笑いをあげながら俺を拷問にかける魔王の姿が浮かんだが、いくらなんでもそんなことには……

……ならないよね？

「よし、ぽちっとな」

意を決して、ボタンを押す。

次の瞬間、照明が消えたように闇に覆われ、その闇が晴れると景色が変わっていた。

転移したというより、逆に移動先がこちらに来たような感じだ。

◆◇◆

「どこだここ……」

俺が立っていたのは、地球でよく見かけるようなマンションの一室らしき場所。

1K構造であろう狭い部屋の玄関だ。目の前にキッチンが見える。横に見える風呂場はユニットバス構造で、洋式便器があった。

便座カバーも付いてるな。

……まさか、地球じゃないよな。

いかん、ちょっと混乱しているようだ。それと便座カバー。

あまりに、前世で見たものと雰囲気が近似しているため、地球に転移したことを疑ってしまう。

まさか、前世で俺が住んでた部屋じゃないよなとも思ったが、そもそも俺が住んでいたのは1Kじゃなかった。全然違う部屋だ。

よく考えたら、迷宮都市の賃貸マンションがこんな感じでもおかしくないことに気付いたのはその直後だ。

だが、水場があるので、俺が借りることになってる寮の部屋ではないだろう。

ダンジョンマスターとの謁見で、なぜこんなところに？

キッチンの先にある部屋に誰かいるのは分かるが、まさかそれがダンジョンマスターなのだろうか。

テレビらしき音が聞こえるし、何かの作業音もするし、蛍光灯の光も漏れている。

……いくらなんでもこれは庶民的過ぎねぇ？

いきなり開けてびっくりしないだろうか。今日はちょっと無謀とも言えるくらいに、散々勇気を振り絞ってきたわけだが、ここが一番勇気が湧かない。

だが、こんなところで立ち止まっててもしょうがないだろう。

俺は覚悟を決めて、ドアを開けた。

「えっ？」

すると、中にはテーブルの前でカップラーメンにお湯を入れる普通の男がいた。

ゴージャスなマントでも貴族服でもない完全な部屋着で、まさに自分の部屋でくつろいでますといった感じだ。

お互い何か言うこともできず固まっていると、誰だお前って感じで俺を見返してきた。

……なにこれ。


転送先を間違えた？

∞

第十話「謁見」

どこかのマンションらしき一室。

その場所に、服はボロボロ、傷は治っているものの体はいたるところが血塗《まみ》れな男が直立。

目の前にはカップラーメンらしきものを作ってる男が一人。……明らかなミスマッチが発生していた。

「え？」「は？」

あまりの展開に、お互い見つめ合ってしまった。

え、何この状況……。

「え、……えーと、どちらさん？　ご、強盗じゃないよね」

全身に突き刺さってた針やナイフは猫耳が消えた際に一緒に消えたが、血塗れの上にボロボロの服装、おまけに左手首には手錠だ。

怪しさ大炸裂《さくれつ》である。

「あー、何から説明したらいいのか……、あまりの超展開に頭がついてこなくて……。トライアルダンジョンをクリアして何かボーナスを選択したら……ダンジョンマスターへの謁見《えっけん》？」

え、まさか本当にこの人がダンジョンマスター？　普通に道歩いてそうなお兄さんだよ。

「……えーと、ひょっとしてダンジョンマスターさん？」

「あ、はい、ダンジョンマスターですが」

「…………」

……なにこれ。

自分がダンジョンマスターだと言うその姿は、どこからどう見ても平凡という印象しか浮かばない男だった。

中肉中背、平凡な服装、だが顔立ちは……そう、とてもよく見慣れた日本人のものだ。年齢はせいぜい二十代から、いってても三十手前。

きっとダンジョンマスターは、俺たちみたいに転生したわけじゃなく、日本人のままでここに来たのだ。

普通なら強者が放つであろうオーラも一切感じない。

まさか、ダンジョンマスターでも実は弱いんです、なんて設定があるのかもしれないが、いくらなんでもそれはないんじゃないかと思う。あまりに隔絶し過ぎてて俺が分からないだけじゃないだろうか。

「あー、と、改めまして、ダンジョンマスターの杵築新吾《きつきしんご》です」

「えー、今日冒険者登録したツナです。……あ、ラーメン伸びるんで、先に食べていいですよ」

「……今日？　あ、すいませんけど、食べますね」

状況が飲み込めず慌てている姿は、俺が想像していた王様然、魔王然としたダンジョンマスター像から掛け離れたものだった。俺ＴＵＥＥＥチート主人公って感じでもない。

というか、なんでカップ麺食ってるんだよ。偉いんじゃないのかよ。なぜか丁寧語だし。

「それで、なんでここに？　ここ俺のプライベートルームで、誰も入れないはずなんだけど」

聞いてみると、ここはダンジョンマスターがかつて地球で暮らしていた１Ｋの部屋を再現したものらしく、迷宮都市のお偉いさんでも入れない場所だという。

確かに、思わず地球に来てしまったかのような錯覚に囚《とら》われるレベルの再現度だ。生活臭がすげぇ。

「と言われても……。ダンジョンクリアしたらここに来たとしか……」

「ダンジョン報酬にそんなのあったかな……」

ダンジョンマスターはカップ麺の蓋《ふた》を開けて、薬味とタレを入れる。麺をすすり出すまで無言だった。

「というか、ツナ？」

まず疑問に持つのが名前かよ。そりゃ変な名前だけど。

「いや、変な名前ってのは自覚してるんで」

「いやいや、そうじゃなくて……あ、緊急報告にあった元日本人か!!」

あ、今日の今日でもやっぱり報告受けてたんだな。

街の入り口で審査受けたわけだし。プロレスやったりすれば、そりゃ報告くらいいくか。

「正体は分かったけど、なんでここに来るのかがさっぱり分からんな。迷宮都市に来て初日だろ？さっきダンジョンクリアしたって言ったけど、トライアルダンジョンだよな？」

「はい」

「……え、あれ、初日クリアってこと？」

「はい」

「……あ、まさか、隠しボス倒した？」

隠しボス……。そう聞いて脳裏に浮かぶのは、あの猫耳だ。最後にはニャをつけるのもやめて、自らのアイデンティティすら放棄してしまった猫耳だ。

「はい、ずいぶんと悪趣味な隠しイベントでしたが。……殴っていいですかね」

「あー、分かった……って、待て待てっ！　あれ考えたの俺じゃないからな。というか、そもそも隠しイベントは挑戦者自体いなかったわけだし。そうか、あんまり前のこと過ぎて、こんなボーナス設定してたの忘れてたわ。……まさか、クリアする奴がいるとは」

思わず身を乗り出してしまったが、ダンジョンマスターから訂正が入った。

やはりあれは、猫耳の言っていたように初回挑戦、死亡0回で強化ミノさんを倒した場合だけに発生するイベントらしい。

なるほど、設定したはいいが忘れて放置されてたのか。

「すごいな。登録初日にミノタウロス撃破、隠しボスの同伴者も倒したわけだろ。言っちゃなんだが、ルーキーと中級冒険者って一番上と一番下でも能力差が隔絶してるはずなんだが。トライアルダンジョンができた当時ならともかく、最近はデビュー後の成長要素も多いだろうに……。まさか一人でクリア？」

「挑戦したのは二人です。もう一人も元日本人でユキトっていいます。ミノタウロス攻略時点ではどっちも生きてました」

「ああ、そういえばもう一人いるって報告あったわ。そっちは隠しイベント突破できなかったんだ。

どうせなら会ってみたかったな」

「猫耳が隠しボスだという事実に動揺して、首を掻《か》っ切られました」

猫耳に対し、ナイフで攻撃を通したあいつの最後の姿が浮かぶ。

あの姿、覚悟を見なければ、きっと俺はここにいなかった。

ミノタウロス戦も、あいつがいなかったらどうにもならなかったのは間違いない。おっさん相手ですらかなり怪しい。

あんな悪趣味なイベントさえなければ、二人揃《そろ》ってクリアしていたのだ。終わったこととはいえやり切れない。


「まあ、どちらにせよ落ち着いたら会いに行くつもりだったしな。ちょっと早くなっただけか」

「やっぱり元日本人は少ないんですか？」

確かに普通に考えて天文学的な確率だと思うが。

「少ないね。平成日本からって括《くく》りだと、君たち入れてもようやく四人。同じ日本でも時代が違うとか、日本語読めるアメリカ人とかもいたけど」

「でも、前例はあるんですね。えーと、そのもう一人に興味あるんですけど、紹介してもらうのは難しいですか？」

「いいや、問題ないよ。今地方遠征してるから会えないけど、帰ってきたらもう一人のユキト君と合わせて飯でも食いに行くか。積もる話もあるだろうし、俺も話したいことあるし。ちなみに、ツナってこっちで付けられた名前？　日本人名じゃないよな」

……出たよ。

「綱引きのツナです」

「……ごめん、前世の名前なのか。……ああ、上泉信綱《かみいずみのぶつな》とか、何々ツナだったら、そこまで珍しくはないよな。ツナだけってのは渡辺綱《わたなべのつな》くらいしか聞いたことないんだけど」

「前世では渡辺でした」

「……え、本人？」

「いやいやいや、平成日本って言ったでしょうが」

平成日本には、土蜘蛛《つちぐも》も茨木童子《いばらきどうじ》もいねーよ。

「あー、そりゃそうだよな。さっきも言ったけど、全然違う時代の人もいるからさ。平安時代はまだ会ったことないけど、江戸時代の人とかいたぞ」

さっきも言っていたが、前世は時代とか関係ないのか？

ってことは同じ平成日本でも死んだ時期がずれてたりするんだろうか。

「これは親が適当に偉人を探して付けた名前です」

「やっぱりあれ？　友達に金太郎とかいた？」

こいつ、ユキと同じこと聞きやがる。テンプレなのか。

「金太郎も公時《きんとき》もいません。ついでにいうと、別に頼光《よりみつ》もいません」

「ま、そりゃそうだよな。まあ名前はいいや。そういえば、特別ボーナスどうする？　何か欲しいものとかあるかい？」

「え、何か貰《もら》えるんですか？」

唐突な話題転換だが、この謁見が報酬じゃないのか。

「そりゃあな、前人未到の大記録だぜ。これから現れる可能性はまだあるにしても、初の達成者っていうのは変わらないし。トライアルダンジョンができてから十年以上経《た》つが、一日で隠しボスクリアはさすがに出ると思ってなかった。だから存在すら忘れてたんだが。というか、そもそもダンジョンクリアすれば何かしら賞品は出るんだ。それの豪華版だよ」

うん、俺も普通じゃないことをしたような気がする。隠しボス食ったり。

「ちなみにどんなのが貰えるんです。お金ですか？」

「金でもいいけど、通常のレコード更新ボーナスは、スキルが覚えられるオーブとか、ちょっと強い武器・防具とか？　変わったところだと施設の優待券とかもあるし、俺と戦ってみたいって奴がいたから、相手したりもしたな。物でも権利でもスキルでもとりあえず言ってみるといいよ。今後の成長を妨げるようなものとか、俺の能力を超えるものは駄目だけど。王国の貴族をぶん殴りたいとかでもなんとかしてみせよう。殺すのはちょっと検討が必要だけどな」

いや、確かにその人たちの統治に思うところはあるんですが、それはちょっとどうだろう……。

軽く言っているが、本当になんとかするような気がするのが嫌だ。王国にすごい影響力を持ってそうだぜ。

今更だが、ここ本当に王国の一部なんだろうか。

「成長を妨げるっていうのは……」

「例えば、今最前線は確か九十層くらいだったと思うけど、そいつらが使っているような武器とか貰ったら、下層の敵なんて瞬殺になるからパワーレベリングみたいになるだろ。俺は無限回廊の攻略を推奨してるんだから、ちゃんと先々まで攻略できる人員になってもらいたいんだよ」

「なるほど」

単純にご褒美ってわけではなく、先々を見越したボーナスなのか。

攻略に関係ないものでもモチベーションには繋《つな》がるから問題なさそうだけど、攻略が単純作業になるようなものは駄目と。


そういえば、さっきから何か既視感とかそういう違和感を感じていたんだが、これ異世界転生モノでよくある神様転生のテンプレに似てるんだな。

死んでないけど、死なせてしまったお詫《わ》びにチート能力あげます的な？

場所が１Ｋのマンションってのがアレだけど、普通来れない所ってのもそうだし。ここの中継地点はなんか神様とかいそうな場所だったし。

人材育成の面もあるから、ああいう何でもアリなボーナスじゃないんだろうけど、こういう場合テンプレだとどんな選択肢があっただろうな。

「《鑑定》スキルとか」

《看破》は習得できたけど、人間とモンスターのＨＰと名前だけでアイテムは対象外みたいだし。

「また、えらい地味でしょぼいものが来たな。それでいいなら別にいいけど、普通にギルドに売ってるぞ。〈冒険者〉になったらそれこそ勝手に覚えるし」

「え、じゃあなしで……、えーと、《アイテム・ボックス》とかどうでしょうか。ＲＰＧに出てくるみたいな」

鑑定もアイテム・ボックスも異世界転生のテンプレだ。

「《鑑定》よりはランク上がったけど、それでも〈冒険者〉だったら普通に覚えられるよ。……ひょっとして、異世界トリップもののテンプレから考えてるのか？」

やはりお見通しか。

そりゃ、転生者どころじゃなくそのまま日本人なら分かってもおかしくない。

「はい。そもそもどんなスキルがあるのか分からないので」

「そりゃそうか。今日迷宮都市に来たんだもんな。ああいうテンプレだと、肉体強化とか除くと、あとは《スキル強奪》とかが多かったっけ？　ここのシステムだとあれもかなり微妙だな」

「ちなみに《スキル強奪》だと何か問題が」

「そのまんまズバリの名前のスキルがあるんだけどさ、強奪できるスキルに制限があったり、スキルの使用に前提が多くて使えなったり、色々不便なんだよな。そもそも、スキル覚えたいだけなら買えばいいわけだし。あと、モンスターで使ってくる奴がいるから、上位連中は基本的に対策してる」

いかにもイメージ悪くなりそうなものだから元々覚えようは思わなかったが、確かにあんま使えそうにないな。

「あとは二次創作になるけど、アイテム・ボックスから武器を射出したりとか、イメージで武器を作ったりもできるけど、よっぽど特化しないと役に立たない。元ネタも超特化型だからな。大量に財宝保有してたり、体の中に聖剣の鞘《さや》が埋まってたりしないだろ？」

「そんな特殊な背景は持ってないです」

単純にスキルだけ貰っても、俺ＴＵＥＥＥはできなそうだ。頑張れば近いことは再現はできますってところか。

「そういえば、銃とかはどうなんです？　相方が黒色火薬までは作ったらしいですけど」

「扱うには専用の免許がいるけど、街で普通に売ってるよ。ダメージがほとんど固定値だから、無限回廊の浅層までだったら使えるかな。でも、あんまりスキルがない上に高い。とにかく弾薬が高い。個人的にはあんまお薦めしない」

銃はもうあるのか……。

浅層越えると使えなくなるとか、ここの冒険者連中はどんだけ超人なんだ。

「マシンガンとかでも駄目なんですか？」

「いや、駄目じゃないんだ、駄目じゃ。弾速は速いし連射できるから、浅層だと無双できる。ただ、浅層を越えるとスキルやクラスの選択肢が大量に広がる上に、銃使ってるとあんまりスキルが強化できないから敬遠されるんだ。日本の常識でいるとビビるけど、同じ金かかるにしても弓のほうがダメージ出るんだぜ。一般人が護身用に使うならいいかもしれないけど、一般人はそもそも必要ないからな。免許取るのも大変だし」

なるほど、時々ある銃ありのファンタジーＲＰＧで、剣のほうがダメージ出ることがあるけど、そういうのと同じか。

もはや口径の大きさとか関係ない状況なんだろうな。


「あとはテンプレだと……魔法、魔術とか？」

「おお、いいですね、魔法。使ってみたいです」

魔法らしい魔法は《マテリアライズ》くらいしか使ってないからな。《パワースラッシュ》はＭＰ使わないみたいだし、魔法っていうより剣技だし。

《飢餓の暴獣》なんて、勝手に発動したし。

今はほとんどＭＰが遊んでる状態だから、有効活用できるのはアリだ。

「無難でいいかもな。でも、魔術だったらちゃんと適性調べてからのほうがいいな。ギルドで検査してくれるから、得意分野とかを伸ばす方向で覚えたほうがいいよ」

「才能ないと使えなかったりするんでしょうか」

「そんなことはないけど、やっぱり得意な系統とか方向性があるからな。攻撃が得意だったり、回復が得意だったり。中級以上だと大抵何かしら得意な魔術覚えてるよ」

そういえば、トカゲのおっさんは沢山補助魔法使ってたな。猫耳も何か使ってたんだろうか。

「なるほど、じゃあその検査を受けてからにしたほうがいいですね。そもそもどんなスキルがあるのかとか基準が分からないので、そこらへんの調査も含みで」

「迷宮都市に来て一日じゃな。トライアル突破したなら資料室も利用できるようになるし……参考までにちょっと《鑑定》してもいい？　アドバイスできるかも」

「……え、はい、どうぞ」

そうか、話しててあまり感じないけど、ダンジョンマスターがその手のスキルを持ってないわけないか。

別にいちいち断る必要はないと思うのだが、そういうマナーなのかもしれない。

スキルが発動したかどうかはさっぱり分からないが、黙って俺を見る。こう、じっと見られると気まずい。照れるぜ。

「………何だこりゃ」

「な、何か変な表示でも」

「一体全体、どんな環境で生きてきたらこんなスキル構成になるんだ？」

これは、例のアレだろうか。

「えーと、《原始人》とかですか？」

「違う。いやそれも気になるけど……、ああそうか、ルーキーだからカードに五つしか表示されないのか。カード更新したら分かることだけど読み上げてやるよ」

と言って、ダンマスは俺のスキルを読み上げていく。

俺が認識している《算術》《サバイバル》《食物鑑定》《生物毒耐性》、そして《原始人》から始まり、

《算術》
《サバイバル》
《食物鑑定》
《生物毒耐性》
《原始人》
《悪食》
《悪運》
《火事場の馬鹿力》
《痛覚耐性》
《内臓強化》
《超消化》
《鉄の胃袋》
《対動物戦闘》
《方向感覚》
《対魔物戦闘》
《不撓不屈《ふとうふくつ》》
《田舎者》
《自然武器作成》
《自然武器活用》
《自然罠《わな》作成》
《自然罠活用》
《死からの生還》
《生への渇望》
《強者の威圧》
《起死回生の一撃》
《飢餓の暴獣》
《食い千切る》
《オークキラー》
《限界村落の英雄》
《剣術》
《姿勢制御》
《緊急回避》
《パワースラッシュ》
《看破》
《回避》
《空中姿勢制御》
《空中回避》
《旋風斬》

と信じられない量のスキル名がダンジョンマスターの口から告げられた。

「は？」

今日習得したスキルに加え、五つ以上はあるだろうと思っていたが、まさかそんなにあるとは……。名前だけで効果のよく分からないものもあるし。

五個よりちょっと多くて表示できないとかそんな数じゃない。

そういえば、ほとんどトカゲのおっさんとミノタウロスの影響だろうが、トライアルで十個近くも覚えてるんだな。

「多いですね。これは普通に比べてどんなもんなんでしょ」

「いや、ねーよ。デフォルトスキル欄の五つだって、普通はなかなか埋まらないんだぞ。これ、ルーキーとしては間違いなく過去最多だ。

しかも、ほとんど外で習得したってのが信じられん。数だけなら、迷宮都市の冒険者では中級程度だけど、そもそも迷宮都市の冒険者がスキルを覚えやすいのは、買ったり、〈クラス〉を持っていたりするからだしな」

「クラス？　戦士とか魔法使いとか、そういうやつですか？」

猫耳のカードにも表示されてたな、そういえば。

あいつのは〈斥候〉だったっけ？　ほとんどチラ見だったからよく覚えてない。

「Gランクに上がる際にその時点で選択可能な〈クラス〉を選択するんだけど、この〈クラス〉の特性でスキルが自動習得できるんだ。それに加えて売ってるスキルもあるから、習得・発動に前提条件があるにせよ、増やそうと思えば増やせる。迷宮都市はそれだけの環境にあるからな。けど、それらの習得補助がない外でこれはちょっと異常だ。英雄とか勇者とか言われててもおかしくないぞ」

マジで。

酒場で奴隷同然の扱いだったんですけど。

「数もそうだけど、俺でも見たことないスキルがある。まず、《飢餓の暴獣》は多分一五〇層あたりの竜種や獣種が使ってくる《飢餓の凶獣》の近似スキルだな。《原始人》はよく分からん。《限界村落の英雄》も見たことないけど、これは多分称号だな。時々あるユニークなやつだ」

「一五〇層……」

あっさりと疑問が一つ解決してしまった。

ユキやトカゲのおっさんが言ってた通り、少なくとも一〇〇層で終わりってことはなさそうだ。

「というか、どんな状況なら《オークキラー》なんて称号スキルが出てくるんだよ。これ、一定期間にオークジェネラル以上を含むオーク種数百体を倒すのが条件だぞ」

……あの派手なの、オークリーダーじゃなくてオークジェネラルだったのか。

どれくらいのランクなのかは分からないが、強かったんだろうな。何やってんだ、俺。

「ここまで地力があれば、ボーナスが何でも活躍できそうだな。独力でこれだけ覚えられるってことは迷宮都市の環境ならすごいことになりそうだし。ボーナスはもう好みでいいんじゃないか。常に無駄に光り輝く《七色の後光》とかいる？」

なんだその立川に住んでる人が持ってそうなネタスキル。ハゲの人が持ってたら乱反射して大変なことになりそうだ。

「それはちょっと……。すいません、さっき言った一五〇層って無限回廊のことですよね？」

「そうだけど……、あっ、一〇〇層以降は情報公開してなかったんだっけ？　あんま言い触らさないでくれな。別段隠してるわけでもないけど、自力で確認したい奴もいるだろうし」

「言わないのはいいんですけど、やっぱり一〇〇層以上あるんですか」

「あるよ」

何事でもないように、そう言った。

「なんならこの情報がボーナスでもいいんですけど、無限回廊は何層まであるんですか？」

「そんなケチ臭いことは言わないが、残念ながらその回答はできない」

「それは何か公表するとまずいことがあるとか……」

「いや、そういうわけじゃない。正確に言うと、知・ら・な・いんだ」

「知らない？」

管理者であるはずのダンジョンマスターなのに？

でも、トップグループが到達できていない一〇〇層以降の情報を持っているということは、その先も把握しているってことじゃないのか。

「俺はダンジョンマスターなんて呼ばれてて、ダンジョンに関する権限もあるわけだけど、実際のところ無限回廊を作った人間ってわけじゃない」

ダンジョンマスターの口から語られるその真実は、ちょっとした衝撃で。

「俺自身が最初に一〇〇層を攻略したから、攻略階層以下の権限を持っているってだけなんだ」

ちょっと、想像もついていなかったことで。

「つまり……、ダンジョンマスターも冒険者の一人ってことですか？」

「そう。現役で、ひたすら潜り続けてるよ」

本当に俺が聞いてもいいことなのか、判断がつかないような。

「じゃあ……現在の、本当の最前線は何層なんですか？」

「つい昨日だが、その最前線は更新された」

やたらとスケールのでかい話だった。

「現在到達している最深層は一二〇三層だ」

「せん……」

目眩《めまい》がしそうだった。

◆◇◆

文字通り、桁が違う。一〇〇層で終わりでなく、少なくともその十二倍は存在してて、ゴールを更にその先のキリのよい数字と想定すると気が遠くなる。

無理やりキリがよい数字として三〇〇〇層あたりだろうか。五〇〇〇層や一〇〇〇〇層だとしてもおかしくない。

なるほど、文字通り無限回廊だ。攻略スピード上げろとケツ叩《たた》きたくもなる。

「俺と数人のメンバーはそういうところで戦ってる。迷宮都市の冒険者育成も、この攻略をスピードアップするための要員確保が目的だ。五人ってのはキツいんだよ。今のところギルドのトップグループでもまだ一〇〇層前だし、まだ時間かかりそうだけどね」

それがこの都市と制度を作り上げた目的か。想像していたよりはずっと真っ当な目的だった。

……その極端な規模以外は。

「何か目的があるんですか？　ぶっちゃけ、一〇〇層クラスでも途方もない財宝が手に入るんですよね？」

「生活の糧を得たいってだけなら、確かに無理して攻略することもないな。力を得たいっていうことにしても、やる意味がないからやらないだけで、今でも世界征服とかできそうだし。俺さ、明確な目的ってわけじゃないんだけど、日本に帰りたいんだよね。無限回廊に潜ってると、それが可能になる兆しが見えてくるんだ」

「それは……」

いや、それはどうなんだろう。

異世界トリップして、元の世界に帰りたいというのは至極当然の願望だ。俺たちとは違い、ダンジョンマスターは直接ここに来たんだろうから余計にそうなんだろう。

小説などでも、元の世界への帰還を目的とする主人公はそう珍しくない。

ただ、そういったものを読んでいた当時から思っていたが、軽く人間を超越してる奴が日本に帰って生活できるものなのだろうか。

自覚はなくても、価値観とか常識は変わってくものだ。異世界の戦争で大量殺人したり、魔王を倒すような強大な力を手に入れて、同じ価値観でいられるはずがない。

チート主人公でも勇者でもない俺でさえ、かつての自分とは掛け離れていると自覚しているくらいだ。

目的を否定するわけではないが、ダンジョンマスターもそういうことは考えないのだろうか。

大体、そんな頭のおかしい階層まで攻略しているってことは、既に人間核弾頭みたいなものだろ？

「考えてることは分かるよ。もはや、オリンピックとかそういうレベルじゃない力を持ってるから、制限しないと向こうでまともな生活はできないだろうな。どっちかってーと超人オリンピックな感じだし、……いや、それどころじゃないか。でもあれ基準よく分からないしな。ただまあ、それでもあっちの家族とかに一目会いたいってのはあるし、死ぬ時は向こうの墓に入りたいからな。俺、転生じゃなく、転移者だから余計にさ」

転移者だっていうのは分かっていたが、そうか、……人生の終着点として想定しているのか。それなら分からなくもないけど、そんなことで、そこまでモチベーション保てるものだろうか。いや、ユキもそうだが、こういう目標ってやつは、大概本人にしか分からないような基準があるんだろうな。


「というわけで、ツナ君も早く上がってきてくれたまえ。歓迎するよ」

「俺、人並みの生活を送ることが目標だったんですけど」

ユキを手伝うとは言ったが、俺自身は日替わり定食毎日食えたら死んでもいいとか思ってたし。俺の望みは小さいもんだぞ。

「どの程度を人並みとするか分からないが、せっかく規格外の能力があるって分かったんだから上目指そうぜ。外からの移住者は、冒険者志望であることが移住の主な基準だから、ずっとコンビニのバイトだけで生活するってのは難しいしな」

「やっぱり外からの移住で弾《はじ》かれる人はいるんですね」

門の前がいかつい連中だらけになるわけだ。

ユキと前に並んでた子を除けば、俺含めてむさ苦しい連中ばっかりだったしな。

「そりゃね。難民は受け入れてないし、スパイとか、外へ物や情報を持ち出す考えを持ってるのは自動的に魔法で弾かれる。冒険者になるつもりの人間だったら割と緩いけど、それ以外は専門技術を持った人間でも審査は厳しいよ。都市に入るための審査だって何日もかかるしね。でも、ツナ君は審査の段階で元日本人であることが分かったから、そんなに時間かからなかっただろ？」

　そう言われて思い出すのは、門でホモ眼鏡から受けた審査だ。他の人はもっと長い審査が必要だったのか。

　前に並んでた子も、講習にいないと思ったらそんな理由があったわけね。

「そうですね、そういえば数時間程度でした。なんかホモっぽい眼鏡にケツ触られましたけど」

「……ほんとごめん」

　心当たりがあるのか、申し訳なさそうな顔で謝られた。

　いや、いいんだけどね。俺もジャイアントスイングで放り投げたし。

「まあ、とにかく日々の糧を得るためだけじゃなくて上に来てほしいってのが俺の本音で、この都市を作った目的だ。だから、全力で支援してるし、報酬も用意してる」

　上目指して、何が変わるのだろうかというと、普通に考えると金、地位、名声、強さ、異性にモテるなんてのが思いつくが、それらにそこまでの欲求を感じない。

　ここはある意味日本よりも快適な生活ができそうだし、前世の故郷に帰りたいという欲求も元々そんなにない。ちなみに、今世の故郷には帰りたくもない。

　ユキの手伝いをするためと、敢《あ》えていうなら、ダンジョンマスターですら知らない深層を攻略してみたいという好奇心はあるな。

「今のところ欲しいものがあるわけじゃないですが、ダンマスを手伝ってみたくはなりました」

「それは助かる。一緒に日本に戻って異種格闘技戦とかに出ようぜ」

「それはちょっと……」

大人げなさ過ぎる。文字通り指先一つで破裂しちゃうんじゃないだろうか。TV中継とかしてたら大惨事だ。

でも、いざ日本に行けるとなっても……俺は行かないだろうな。この体はかつての渡辺綱《わたなべつな》ではないわけだし。

この街に来る前だったら生活のために行ったかもしれないが。


「そういえば、一つ確認したかったことがあるんですけど」

「何？」

「ダンジョンの管理をしてるってことですけど、モンスターの名前とかはダンジョンマスターが決めてるんですか？」

「それは回答が難しいところだな。俺が設定したモンスターはそういうのもあるけど、元々この世界にいたとか、ダンジョンに登録されてたのは大体そのままだぞ」

「いや、本当にどうでもいいことなんですが、ミノス関係ないのに『ミノタウロス』って変じゃないですか？」

「腰ミノつけてただろ。ブリーフタウロスとかブーメランタウロスもいるぞ。牛さんたちは、迷宮都市では既にネタキャラ扱いだ」

頭痛くなってきた。俺たち、ネタキャラにあんなに苦しめられたのかよ……。

……あとでユキに教えてやろう。

「元々あれは『牛鬼』って名前だったんだけど、正式に〈鬼〉の種族を追加することになって、『ミノタウロス』に変えたんだよ。で、その時は気付かなかったんだけど、あとになってそのことに気付いてさ、折衷案として腰ミノつけるようにしたんだ。他にも似たような話はあるしどうでもいいことなんだけど、これは気付いてしまったからな。もう一回変えようかってミノタウロスたちに相談したら、もう定着した後だから勘弁してくれって言われたよ」

この人、実は馬鹿なんじゃないだろうか。何か普通にミノタウロスと会話してるし。

まあ、最低限聞きたいことは聞けたし、これもどうでもいい話だし、色々聞くのはまた今度にするか。

ユキの願いのことも……機会があるっていうなら、あいつ本人から言うべきだろうな。

「クリアボーナスの件はまた今度でもいいですか。ちょっと考えたいんで」

「いいよ、今度飯に誘うからその時にでも言ってくれ。……あ、いや、手ぶらじゃなんだから、ボーナスってほどでもないがお土産をやろう」

まさか、ツナ缶とかじゃないよな。さっきから、部屋の隅にあるのが見えるんだけど。

「まず、この都市は半ば独立国家みたいなもんで王国の貴族はいないんだが、上級ランクの冒険者になったりある程度の地位を得ると家名が付けられるんだ。家を興すってやつだな。本来ならデビュー前後で考えるような話じゃないけど、この権利を先行してプレゼントしよう」

「おお」

すごい……のか？

「ただのオマケだし、別にこれ自体に大したメリットはないけどな。渡辺でいい？　渡辺ツナ。いや、いっそ渡辺綱に戻すか？」

「何か不思議な感じですが、いいですね。再度生まれ変わったみたいですし」

ダンジョンマスターが何をしたのかは分からないが、カードを見てみると既に名前の表記が『渡辺綱』になっていた。

すげぇ懐かしい。ツナって名前も今世の親から貰ったもんじゃないから、親不孝ってわけでもないしな。読み方は変わらないし。

これは書類の手続きとかは必要ないんだろうか。

「あとはこれだ。渡辺綱といえば茨木童子《いばらきどうじ》を斬った『髭切《ひげきり》』だろ。ここに取り出《いだ》したる一本の日本刀、こいつをプレゼントしよう」

マジで。

ユキが冗談で言っていた刀主人公になるの俺？　ちょっとドキドキしてきたんですけど。

でも、なんでそんなところに刀が置いてあるんだ。

ダンジョンマスターからそれを受け取ると、ずしりとした確かな重みが伝わる。

ヤバイ、俺絶対ニヤけてる。

「え、えーと、ちょっと抜いてもいいですかね？」

「いいよ。そいつはちょっと前に俺が作ったモノでな。銘は今付けよう。名づけて……

……〈不髭切《ヒゲキレズ》〉だ！」

「木刀じゃねーかっ!!」

抜いてみたら、中から出てきたのは金属ではなく木だった。

こいつ、鞘から抜くタイミング見計らっていやがった。

そりゃ髭も切れねーよ。

「まあまあ、そんなんでも下級では割と優秀な武器だと思うぞ。攻撃力そのものは大してないが、《不壊》の能力が付いてるから同ランク以下の敵を攻撃しても耐久値減らないし、斬撃は打てないものの《刀術》スキルは鍛えられる。あと、おまけ程度だが〈鬼〉に対する種族特攻も付いてるぞ。もう鬼じゃないミノさんには効かないが」

「はぁ……」

なんだろう、この残念な感じは。

猫耳戦で剣壊したりしたし、壊れない武器はすごくありがたいんだけど。

「あとはそうだな……ツナ缶とか持ってくか？」

「やっぱりそのネタが来るのかよ!!」

とまあ、そんな感じで俺とダンジョンマスターの初邂逅《かいこう》は終わった。

最後のほうは、偉い人と話してる感がなくなっていたが、それはダンジョンマスターのせいで俺は悪くない。

ちなみにツナ缶も貰いましたよ。食べ物に罪はないし。

◆◇◆

エレベーターのドアが開くと、そこはギルド会館の一階だった。

どうやらダンジョンマスターのプライベート空間と直通らしく、専用のルートが用意されているらしい。ここからは……あそこへは行けないっぽいな。一方通行だ。

普段あまり使われないところから出てくる俺に、エレベーターホール近くにいた人たちがぎょっとしていた。

「つ、ツナさん？　なんでそんなところから出てくるんですか？」

「あ、えーと、色々ありまして……」

ここに来た時に対応してくれた受付嬢の人が、たまたま近くにいて驚かれた。この人の名前なんだっけ？

「カード渡した後、そのままトライアルに行くって話でしたよね？　それがなんでそんなところから……」

「えーと、トライアルはクリアしました。それで、さっきまでダンジョンマスターに会ってて、エレベーターに乗ったらここに」

「は？」

なに言ってるんだという顔をされるが、無理もない。言ってる俺にもよく分からない経緯である。

「え、まさか……。本当に？　初回クリアですか？」

「はい」

「ちょ、ちょっと待ってください」

慌てて受付嬢さんが空中に視線をやる。何か本人にしか見えない情報でも表示されてるんだろうか。

「嘘《うそ》……ほんとに？　お二人とも確かにクリアされてます。同伴者と、もう一人……ユキさんはどちらに？　あ、いや、確か同伴者は……」

今まで未発生でも、受付嬢ならトライアルダンジョンの隠しイベントのことを知っててもおかしくないか。

「はい、同伴者の猫耳はぶっ殺しました」

「…………」

それがどれだけ困難なことかダンジョンマスターに聞いて認識していたが、こうして絶句するのを見るとえらいことをしてしまったんだなと痛感する。

ロビーの椅子に座ってる見知らぬ冒険者も、目を見開いてこちらをガン見しているし。ピースとかしたほうがいいんだろうか。イエーイ。

「そ、そうですか。それでダンジョンマスターに……。そういえば、そういう設定があると聞いたことがあります。ユキさんは……攻略後に隠しイベントで死亡したんですね。だとすると今は病院ですね」

復活するのは病院なのね。王様の前とか、教会や神殿とかじゃないんだ。なさけないとか罵倒されることはなくてよかった。

「死んでからの復活って、治療にどれくらいかかるんですか？」

「治療自体はダンジョンから転送された時点で終わってますが、目が覚めるまでは数十分から、長い人だと一日程度かかります。攻略完了から二時間ほど経ってるので、もう目覚めているかもしれないですね。ツナさんは病院の場所は分からないと思いますので地図を描きましょう」

「ありがとうございます」

まだ右も左も分からないからな。

そういや迷宮都市に来てまだ一日も経ってないのか……メチャクチャ経った気がするんだが。

まだ夜は明けてはいないようで、外は真っ暗だ。ダンジョン攻略がどれくらいかかる分からない以上、そりゃ、ギルドは二十四時間営業じゃないと駄目だよな。

「あの……今って何時くらいですかね？」

「え？　八時ちょっと前ですね。あそこに時計がありますよ。見方は分かりますか？」

と、受付嬢さんの指す先には壁掛け時計があった。

この世界に来て初めて時計を見たが、日本でよく見かけた十二進法のそれは、確かに夜の八時ちょい前を指している。

馬鹿な……。

「どうしました？」

「……俺がここを出て、ダンジョンに入ったのが夕方だったんですけど」

五時か、六時頃だったろうか。学生たちが捌《は》けて、俺たちが中に入った頃にはもう日が暮れかかっていたはずだ。

ダンマスと話している時間を二時間くらいとすると、ダンジョン攻略の時間が丸ごと飛んでいる。中にいたのがいくら長かったとはいえ、二十四時間は経ってないはず……。

「……ああ、ツナさんはダンジョン攻略は初めてでしたね。同伴者から聞いてませんか？　この迷宮都市のダンジョンは、中にいる間は時間が経過しないようになっているんです」

そんなアホな。

ここに来てから何度も驚愕《きょうがく》してきたが、今回のは極めつけだ。超技術ってレベルじゃねえ。

だけど、……あぁなるほど、これでダンマスの攻略階がぶっ飛んでいたのも、少し納得できてしまった。

「それは、中で何時間過ごそうが、何日過ごそうが、外に出たら一瞬ってことですか？」

「実は長時間になると数秒程度の間隔は空くようですが、実感としてはあまり変わらないですね。その認識でも問題ないでしょう。ただ、ダンジョンは階層ごとに滞在時間制限がありますし、無制限に中にいられるわけでもないです。挑戦の六日縛りがなければ、学生が勉強のために籠《こ》もりそうですね」

勉強道具や参考書持って、暗い洞窟の中でモンスターと戦いつつ勉強する苦学生か。殺伐とした二宮金次郎だな。

「深層だとその滞在時間も長くなるので、最前線の攻略組は長い時は中で数十日間攻略するわけですが、外から見てると、やはり入った直後に出てくるように見えます」

つまりダンジョン・アタックの拘束時間は実質ゼロってことか。準備期間を考えなければ、週休二日どころか週休七日実勤務時間0分になる。自宅警備員さんたちもびっくりだな。

「そういうわけで、冒険者はまとまった時間が取りやすい職業でもあります。時間感覚が狂いやすいとも言えますが」

「それだと、年齢の問題とか発生しないんですか？　子供がいきなり大きくなったりとか」

外の時間は経過しないとはいえ、中では時間が経っているのだ。それなりに成長や老化はするだろう。

育ち盛りの子供が突然大きくなって帰ってきたりしたら、親としては複雑な気分だよな。

極端な話、昨日まで小さい姿で『パパ～』とか言ってた子供が、翌日会ったら自分を超える身長になって『おう、親父』なんて呼ばれたりすることもありえるわけだ。

そもそも、子供が切り刻まれたり食われたりすることを、治るのが前提とはいえ親が許容できるかって話だ。あまり気分は良くないだろう。

「そうですね、なのでいくつかの特例を除き、中等部卒業の基準である十四歳まではトライアルは受けられてもデビューはできません。保護者がいる場合は、それより上の年齢でも保護者の同意が必要になります」

そりゃそうなるよな。保護者がいるなら、まず理解を得ることが必要だ。

保護者さんの心中お察しします。……俺には保護者とかいないが。

「あんまり大きな声では言えませんが、女性の冒険者は若さを保つのに気を付けていらっしゃいます。若返りの手段はありますが、老化防止のほうがはるかに手間もお金もかかりませんからね」

「受付嬢さんも？」

でも、この人は冒険者じゃなくギルド職員か。

「わ、私は……そうですね。色々気を使ってますよ、はい。女なわけですし」

考えてみたら、冒険者じゃなくても気を使うよな。

俺が働いてた酒場の娘さん……レベッカさんだってそれなりに気にしてケアしていたみたいだし、美容の手段も多いだろうこの街なら尚更《なおさら》だろう。

……反面、男はそこまで気にすることもないんだろうが、敢えて言うなら筋力とか、皺《しわ》とか……ハゲくらいかな。〈マッスル・ブラザーズ〉の人、ツルツルだったけど、アレは剃《そ》ってるんだろうか。

しかし……迷宮都市には、見た目と年齢の一致しない、マジものロリババアが生息してる可能性があるということか。

ここにいると、これまでの常識が音を立てて崩れていくのを感じる。

……ユキの願いとか、マジに楽勝で叶《かな》うんじゃねーか？

「こちらが病院の地図になります。確認しましたが、ユキさんはちょうど先程目覚められたとのことです。同伴者のチッタさんはもう退院されてますね」

そういえばあの猫耳も死んだわけだから、病院にいたのか。

顔合わせづらいから、正直いないほうが助かる。向こうも食い殺された相手に会いたくないだろうしな。

今、顔合わせたらぶん殴っちゃいそうだし。俺も猫耳つけて、本当の意味でのキャットファイトに発展しかねない。

「ユキさんが退院しましたら、明日にでも受付まで来てください。二人とも初心者講習受講済みですから、昇格・デビューの手続きをしますので」

「そうか、……もうデビューか。何か持ってくるものとかありますか？　必要な書類とか」

ちなみに印鑑とかはないぞ。

字を書くのも日本語なら問題ないと思うけど、この世界の文字は名前くらいしか書けない。……転生してから十五年以上経ってるけど、忘れてないよな。

「用意するのはステータスカードだけで大丈夫です。それにしても、まさか当日攻略の即デビュー者が出るとは想定していませんでした。すっかり言い忘れてましたが、おめでとうございます」

「いえ、ありがとうございます。……ダンジョンでも話してたんですが、これでどこかのパーティから声かかかったりしますかね？」

ドラフトはないだろうが、十分アピールにはなっただろう。

「ええ、この上なく。引く手数多《あまた》だと思いますよ。勧誘が多くて困るんじゃないですかね。逆に下級冒険者で寄生してくる輩《やから》もいるので、そういう冒険者には気をつけてください。ブラックリストを公開しているので、要注意人物をチェックしておくのをお薦めします」

そういう奴もいるのか……。

前世のネットゲームでもいたけど、どこの世界でも変わらないな。ここならネカマはありえないにしても女性冒険者はいるだろうし、姫プレイしてる奴とかいそうだ。

……あのトライアルを突破できるのに、そんな奴がいるってのも嫌なもんだな。……いや、トライアル自体を寄生して抜ける奴がいるのか？

「そういう注意点については、デビュー講習で説明がありますので、詳しくはそちらで。勧誘についてはGランクのうちはそもそもパーティも組めませんが、大手クランなら関係なく勧誘はあるでしょうし、そもそもツナさんたちならすぐにランクは上がっていくでしょう」

「それは良かった。これからのことについては、ユキも気にしてましたから安心しました。じゃあ、病院に顔出してきます」

「はい。本日はお疲れ様でした」


受付嬢さんに見送られ、俺は会館を後にする。

夜の八時という時間もあるのか、まだ通行人はちらほら見受けられた。

王都では夜になったらほとんど人通りはないし、故郷の村なんて物音すらほとんどしない。ここはやはり別世界だな。


そういえば、受付嬢さんの名前聞くのを忘れてたな、と考えつつ、俺は地図に描かれた場所へと向かった。

さて、ユキの顔でも拝みに行ってくるかね。

∞ エピローグ「再誕」

暗い、どこまでも暗い闇を漂っている。

肉体も、精神も、その形があやふやなまま、段々と闇へ溶け出していくような、自分自身が消えていくような感覚。

一体どれくらいの時間、こうして漂っているのか。

目を凝らしても何も見えない。そもそも目があるかどうかも分からない。
手足一つ動かせない。そもそも体があるかどうかも分からない。

このまま、存在自体が消えてなくなってしまうような気がした。

これが死ぬということなのだろうか。
もう、どうやって死んだかも思い出せない。
自分が誰だったのかも思い出せない。

何もかもが消えてなくなりそうな状態になって、初めて「それ」に気付いた。

「それ」は宇宙にも似たスケールの力の渦。

「それ」はあまりに巨大な魂のうねり。

「それ」に巻き込まれれば、確実に消滅するであろう、圧倒的存在がすぐ近くにあった。

感情も何もかもが消えてなくなりかけたのに、それは恐怖を励起させた。

巨大で、圧倒的で、原始的な恐怖。

それは、「死」そのものだった。

僅《わず》かでも認識するだけで心が砕ける。

近くに存在しているだけで魂が溶け落ちる。

微《かす》かに残っていた「僕」という存在が音もなく消え、死に飲み込まれていく。

抗《あらが》いようもない恐怖の中で、唐突にそれは起こった。

何者か、外的な力が僕を渦から引きずり出そうとしている。

その力はひどく乱暴で、半ば同化した魂を無理やり引きずり出していく。

体を引き裂かれるような苦痛が襲う。

それは肉体的な痛みではなく、魂そのものを直接切り刻まれるような苦痛だ。

叫ぶこともできず、ただ嵐の中の激流に飲まれ、いくつにも裂かれるような感覚を体験させられる。


それは、ドロドロになった粘土をかき集めて、無理やり固めて作り直す工作によく似ていた。

出来上がった「僕」はひどく歪《いびつ》で、何か余計なものも付いていたけれど、今度はその余計なものを強引にそぎ落とし、形が整えられていく。

まるで工場製品にでもなったかのように、機械的な工程で「僕」が出来上がっていった。


ああ、これはひどい。

なんて最悪な気分だ。


死からの復活とは、こうも気持ちの悪いことだったのか。

◆◇◆

目を開けると、真っ白い天井を見上げていた。

「知らない天井だ……」

とりあえず言ってみたかっただけだ。そりゃ言うさ。

……ここは病院だろうか？

薬品のものらしき特有の刺激臭は変わらないが、平成日本でずっと過ごしていたそれとは違う白い空間。

白い清潔な部屋に、白いベッド、白い病人服。仕切り用のカーテンも白。ついでに枕元に置かれた花瓶も白だ。

……ああ、僕は死んだのか。

体調は悪くないけど、気分が最悪だ。頭の中がぐちゃぐちゃのドロドロで、直接掻《か》き出してしまいたくなる。

何かひどい夢を見たような気がするけれど、内容は思い出せない。

最後に見たのは、チッタさんが僕の首を掻き切る姿と、こちらを見て呆然《ぼうぜん》としたツナの顔だ。

僕の首から血が噴き出して。立っていられなくて……。

……あの後、ツナも殺されたんだろうか。

「はは……タチ悪」

悪趣味な洗礼だ。初回クリアなんて目指すんじゃなかったかな。……ほんと、最悪。

でも、一応はこれでクリアになるんだろうか。まったくもって実感の湧かないクリアだけど。

ちょっとくらい、褒め称《たた》えてくれてもいいものだ。せめてツナとだけはお互いに祝福しよう。

……それくらいは、したい。

「……今何時だろう」

外は暗いが、死んでからどれくらい経《た》ったのだろう。ツナもここに運ばれているんだろうか。

疑問は大量にあるけど、動く気がしない。

まだ喉が裂けていて、動くと血が噴き出しそうな気がする。手で触れてもそんなことはないのに、痛みさえ感じるような気がする。

この感じだと、バラバラになって死んだりしたら、動けないんじゃないだろうか。

「あ、目覚められましたか、ユキトさん」

声をかけてきたのは若い女性の看護師さんだった。一目でそれと分かる格好は、やはり迷宮都市なんだなと思わせる。

エルフなのか、その長い耳がなければ、ここは実は日本ですって言っても信じてしまいそうなくらい看護師さんだ。

「初めてのようですのでまだ状況が飲み込めてないと思いますが、ここは病院です。あなたはダンジョンで死亡して、ここに転送されてきました。意識ははっきりしていますか？」

「……はい。大体分かります」

「初めての時は錯乱される方もいらっしゃいますので、ゆっくり落ち着くまでここにいてください。どうしても必要な場合は、お申し付けいただければ精神安定剤を処方します。荷物などは横の籠《かご》に入ってますので、退院される時には忘れずに持って出てください」

ベッドの横を見ると僕の荷物が入った籠があった。武器や装備品、ダンジョン内で手に入れたものもそのままのようだ。

トライアルダンジョンはロストなしだっけ。

……服も入ってる。じゃあ、今僕が着ているこの患者服の下は……裸だ。まさか、死んで転送される時は全裸？

もうそうなら色々キツイ。こういう所ならマニュアルもあるだろうし、同性が患者服を着せるんだろうけど、今の僕は……あまり考えたくないな。

「え、と……、入院費とか手続きは……」

「ダンジョンアタックでの死亡ですので費用は発生しません。登録済みの冒険者の方は手続きもありませんので、落ち着いたらそのまま帰宅されても構いませんよ。なんでしたら、今晩はここに泊まっていっても問題ありません。何かありましたら枕元のブザーを鳴らしていただければ、すぐに医師が来ますので」


お大事に、と言って看護師さんはどこかへ行ってしまった。

怪我《けが》人でも病人でもないが、さっきまで死んでいた相手なのに、やけにドライな対応である。もうちょっと優しくしてほしい。

これは、迷宮都市ではごく当たり前のことなんだろう。

「ああ……」

起こしていた上半身をベッドに倒す。

……そうか、これが死か。

なるほど、これはキツイ。最悪だ。記念受験なんてとんでもない。

これが、冒険者が乗り越えないといけない壁。続けていくための絶対条件か。

何の覚悟もない人間が、これを何度も乗り越えられるはずがないとはっきり言える。

これから何度も、何度も味わうことになるだろうそれは、確かにチッタさんの言った通りキツイ前提条件だ。これは心が折れてもおかしくない。

だけど、こんなところで折れるつもりはない。

望みを叶《かな》えるために、全部投げ出してきたんだ。ここで放り投げる選択肢などありえない。

私は……僕は大丈夫。やっていける。

「ツナは大丈夫だったんだろうか」

心折られてたりしないだろうか……いや、ないな。

なんとなくだけど、ツナなら死んでもケロっとしている気がする。

目覚めて、何事もなかったかのように着替えて退院しそうだ。タフ過ぎて、こういう負荷で塞《ふさ》ぎこんでる姿が想像できない。

むしろ、飛び起きてチッタさんに殴りかかりそうだ。「ニャー」とか言って。

「呼んだか？」

「うぇっ!!」

不意に呼びかけられて、変な声を出してしまった。

顔を上げると、そこには見慣れた姿が立っている。装備はボロボロだけど、一緒にダンジョンを攻略した相棒の姿だ。

その姿を認めただけで、少しだけホッとして、ボロボロだった精神状態が和らいだ気がした。

「なんか、俺の名前呼んでたか？」

「あ、ううん、なんでもない」

「ならいいけど、大丈夫かお前？　顔色悪いぞ。……死んでたんだから当たり前なのか？」

「いや、体調は悪くないよ。……気分は最悪だけど」

「そうか」

ツナはそのままベッド脇の椅子に腰掛ける。

僕のほうが先に死んだのに、ツナはもうピンピンしているように見えた。

この相棒は、こういうメンタル的なところは図抜けていると思う。

ほんと、どんな精神構造してるんだろう。頭の中を覗《のぞ》いてみたい、なんてよく言う言葉だけど、この街のように実際に見れそうな環境だと見たくない。


「あの後どうなったか聞いてもいい？」

「ん？　ああ、えーとだな。……お前が首斬られた後、猫耳との一対一の状況になったわけだけど、中級冒険者って強いのな」

「そりゃそうでしょ。最初に見せてもらったステータスもスキルも僕らとは全然違ったし。僕のナイフもＨＰの壁に弾《はじ》かれてたでしょ」

ＨＰと防御力の壁が厚過ぎて、ダメージなんか通ってないみたいだった。

感触としては、あのミノタウロスよりも硬く感じた。これがレベルの差ってやつなのかな。

確かLv36とか言っていたから、僕らとは三倍以上の差がある。いくら戦闘職じゃないっていったって、さすがに三倍はどうにもならない。

「いや、一応通ってたぞ。ＨＰは減ってなかったみたいけどな。毒攻撃かって猫耳がびっくりしてた」

「え……そうなんだ。なんか僕、すごいね。咄嗟《とっさ》だったんだけど」

「すごいすごい。でだな、俺の攻撃も全然通らねーの。やたら動きが速くて捕捉できなかったけど、肉を切らせて骨を断つ戦法で何回かは当てたのに」

いや、そっちのほうがすごいと思うんだけど。

……飛来物じゃなければ、あのスピードに当てられるのか。見えなかったよ、あの人。

「打ち合ってたら武器もぶっ壊れて、しょうがないから背負投げして地面に叩《たた》きつけてもダメージ通らなくてさ。関節技なら効くんじゃねーかって、腕に組みついたら、なんとか折れた。で、続けてチョークスリーパー決めても抜け出されたから、起死回生の大勝負でミノタウロスの斧《おの》を当ててやったんだよ。それでもピンピンしてたな」

「え、あんなの振り回したの？　というか、ダメージ通らないにしても関節は外せるんだ」

確かに、言われてみれば関節技なら通りそうな気がする。

あれは、外部からの攻撃に対する意味しかないのかもしれない。そんなの試せるわけもなかったんだけど。

斧も、あれ、半分冗談だったんだけどな。使ったんだ。……使えたんだ。

「斧で少しはダメージも通ったと思うんだけどな。それで決められればよかったんだけど、さすが現役って感じだよな。関節技とかミノタウロスの斧で警戒したのか、なんかぶっとい針とか、投げナイフとかの遠距離攻撃主体で確実に仕留めにきたんだよ。俺、満身創痍《まんしんそうい》で立ってるのがやっとだったのに。あの猫耳、マジで大人げねぇ」

なんで勝負になってるのさ。文字通り格が違うはずなんだけど。

「ナイフとか針とかで、全身ハリネズミみたいになって、ようやく捕まえてマウントポジションとったんだけど、残ってた手斧振り下ろしてもダメージ通らねーんだよ」

ダメージ通らなくても、それは割と恐怖なんじゃないかな。

斧を顔に何度も叩きつけられるとか、想像しただけで怖いんですけど。

「で、第二層であの猫耳が言ってたこと思い出してさ、クリティカル狙いで噛《か》みついたら、指噛み千切れたんだよ。何か俺の欄外スキルの……何とかってのでクリティカル補正掛かってたみたいでさ」

全身ハリネズミで血塗《まみ》れの男に組み敷かれて、指噛み千切られるとか、ちょっとした地獄絵図なんですけど。

ちょっと動画見るのが怖くなってきた。

「で、なんかクリティカルが通るってことで、そのまま首を食い千切ったらようやく死んだ」

「えっ!?　勝ったの!?」

なにそれ!?　なんだそれ!!

「おうよ。我ながらひどい状況だったけどな」

「え、えぇー!?　ちょ、ちょっと待って、死んで気分が最悪とか、そんなのどうでもよくなるくらい衝撃なんだけど」

それ、とんでもないジャイアントキリングじゃないか。

「いや、実際快挙らしいぜ。快挙っていえば、初回挑戦でミノタウロス倒した時点でもう快挙だから、お前もだな」

「あ、うん、え――。それもそうなんだろうけどさ。ツナがやらかしたことに比べたら何か霞《かす》んでるんだけど。それに、ミノタウロス倒したのはツナもそうだし」

「馬鹿言え。トカゲのおっさんも、ミノタウロスも、あの猫耳も、お前がいなきゃ倒せてねーよ。これは俺たち二人の勝利だ。胸を張れ」

「う、……うん」


その言葉は、精神的に弱ってる状態だとくるものがある。

……どうしよう、ちょっと泣きそう。

◆◇◆

その後、ダンジョンマスターに会ったとか、食事に誘われたとか、もう一人元日本人がいるとか、木刀とか、ツナ缶とか色々衝撃発言があったけど、長々と病室にいるのもなんなので、とりあえず着替えて病院を後にした。

「僕、道分からないんだけど」

昼間と違い、そもそも自力で病院に行ったわけじゃないから、全然道が分からない。もうすっかり夜で、人通りもまばらだ。店もシャッターが閉まってるところが多い。夜だから一日くらい寝てたと思ったら、ダンジョン入ってから二時間くらいしか経ってなかったみたいだし、さっきから色々驚きっぱなしだ。

「俺も病院とギルド会館の間しか分からねぇけど、寮は会館の隣なんだろ。昇格の手続きとかあるらしいけど、明日でいいっていうし、今日はこのまま戻って寝ようぜ。さすがに疲れた」

「そうだね、僕もアレじゃ寝た気がしないし。部屋についたら泥のように寝そう。起きられるかな」

まだ十時前だけど、放っておいたら昼過ぎまで寝る自信がある。前世を含め、かつてない勢いで爆睡してしまいそうだ。

正確な時間は分からないけど、主観ではダンジョン内で十時間くらいいたのだ。加えて戦闘の疲労もある。

何より、復活による気怠《けだる》さがひどい。講習ではトライアルダンジョンはペナルティなしって言っていたけど、これ、二、三日治らないんじゃないだろうか。

「分かんね。目覚ましがあるわけじゃないし、先に起きたほうが起こそうぜ。そもそも、自分のじゃない違う部屋に入れるのかとか、呼び鈴はあるのかとか色々疑問はあるけどさ。最悪、明後日になっても手続きは逃げないだろ。平均で半年かかる試験を一日で突破したんだから」

そうだよね。試験突破はしたんだ。

ツナの力も大きかったけど、僕だって捨てたもんじゃなかったと思う。

……思ってもいいかな。

「ねえねえ、僕ら割とイケてるんじゃないかな。僕は隠しイベントで脱落しちゃったけど、ミノタウロスは倒したわけだし、迷宮都市でも有名になれたりするかな」

僕の願いを叶えるために、どんなことが必要なのかはまだ分からない。

それはこれから調べていくことになるだろう。ツナが言うように、案外簡単に叶うのかもしれない。

だけど、どちらにしても、放り捨ててしまった実家に戻ることはもうないのだろう。

僕はこれから、この街で生活基盤を作り、生きていく。

「ああ、とりあえずここまでは最短記録のレコード塗り替えに、隠しボス撃破の快挙だからな。受付嬢の人も引く手数多《あまた》だって言ってたぜ。……とはいえ、油断はするべきじゃないな。俺たちが見たのは迷宮都市のほんの入り口だけなんだから。上のランクには、冒険者もモンスターも化け物がウヨウヨしてるらしいしな」

「そうだね」

そう言われて脳裏に浮かぶのは、トカゲのおじさんや、チッタさん、ミノタウロスの姿だ。

その誰もが途方もなく強くて、僕とは隔絶した力を持っていたけど、トカゲの人は力を制限されてたし、怪物じみたチッタさんですら中級の下位ランカー。

ミノタウロスなんて、ただの初心者の登竜門だ。RPGでよくあるみたいに、後々、雑魚《ざこ》敵で出てきてもおかしくない。

そう、ただの登竜門だ。そういう意味では、僕たちは二人ともスタートすら切っていない。


「とりあえずの目標は一〇〇層だ」

「また大きく出たね。トップグループに追いつくってこと？」


ただ、なんだろうね、この感覚。

ツナと一緒なら、どこまでも高みへ行けそうな気がするんだ。


「ああ、それもできる限り早く。階段三段飛ばしくらいだな」

「いいね、どうせならこの街で誰もが知ってる冒険者になろうか」


実際、どこまで行けるかは分からないけど、頑張っていける手応えは感じている。

僕たちの冒険者としての生活はここから始まるんだ。

—第一章完—

最終ステータス報告

The last status report

冒険者登録名 NAME

ツナ → 渡辺綱

冒険者情報 PERSONAL INFORMATION

冒険者登録番号	No.45231	冒険者ランク	なし
性別	男性	年齢	十五歳
クラス	なし		

ギフト GIFT

- 近接戦闘
- 片手武器

スキル SKILL

算術	サバイバル	食物鑑定
生物毒耐性	原始人	悪食
悪運	火事場の馬鹿力	痛覚耐性
内臓強化	超消化	鉄の胃袋
対動物戦闘	方向感覚	対魔物戦闘
不撓不屈	田舎者	自然武器作成
自然武器活用	自然罠作成	自然罠活用
死からの生還	生への渇望	威圧
起死回生の一撃	飢餓の暴獣	食い千切る
オークキラー	限界村落の英雄	
NEW! 剣術	NEW! 姿勢制御	NEW! 緊急回避
NEW! パワースラッシュ	NEW! 看破	NEW! 回避
NEW! 空中姿勢制御	NEW! 空中回避	NEW! 旋風斬
昇華 強者の威圧		

固有武装 EQUIPMENT

- 不髭切

平安武将、渡辺綱の名にちなんで、ダンジョンマスターが銘を付けた木刀。同ランク以下の対象相手には耐久値の減らない《不壊》の効果を持ち、〈鬼〉カテゴリのモンスターに対し攻撃力ボーナスを有する。また、木刀ではあるが、一部《刀技》スキルも使用可能。

木刀なので、当然髭は切れない。

冒険者登録名　NAME

ユキト

冒険者情報　PERSONAL INFORMATION

冒険者登録番号	No.45232	冒険者ランク	なし
性別	男性	年齢	十四歳
クラス	なし		

ギフト　GIFT

- 容姿端麗

スキル　SKILL

- 算術
- 集中力
- 剣術
- 速読
- 投擲
- 気配察知
- 暗視
- 小剣の心得
- NEW! アクロバット
- NEW! 空間把握
- NEW! 小剣術
- NEW! ニンニン
- NEW! 小剣二刀流
- NEW! 看破
- NEW! ラピッド・ラッシュ
- NEW! 毒取扱

固有武装　EQUIPMENT

- コブラ

トライアルダンジョン第三層、ルーキー向けに固定配置された宝箱からユキが手に入れた毒ナイフ。柄の部分が蛇革が使用されている他、ゴージャスな作りになっている。あくまでユキのサブウエポンとしてだが、トライアルの後半戦で多大な戦果を上げた。ちなみにユキはこのナイフに銘があることをまだ知らない。

ヒューッ！ 見ろよこのナイフを。

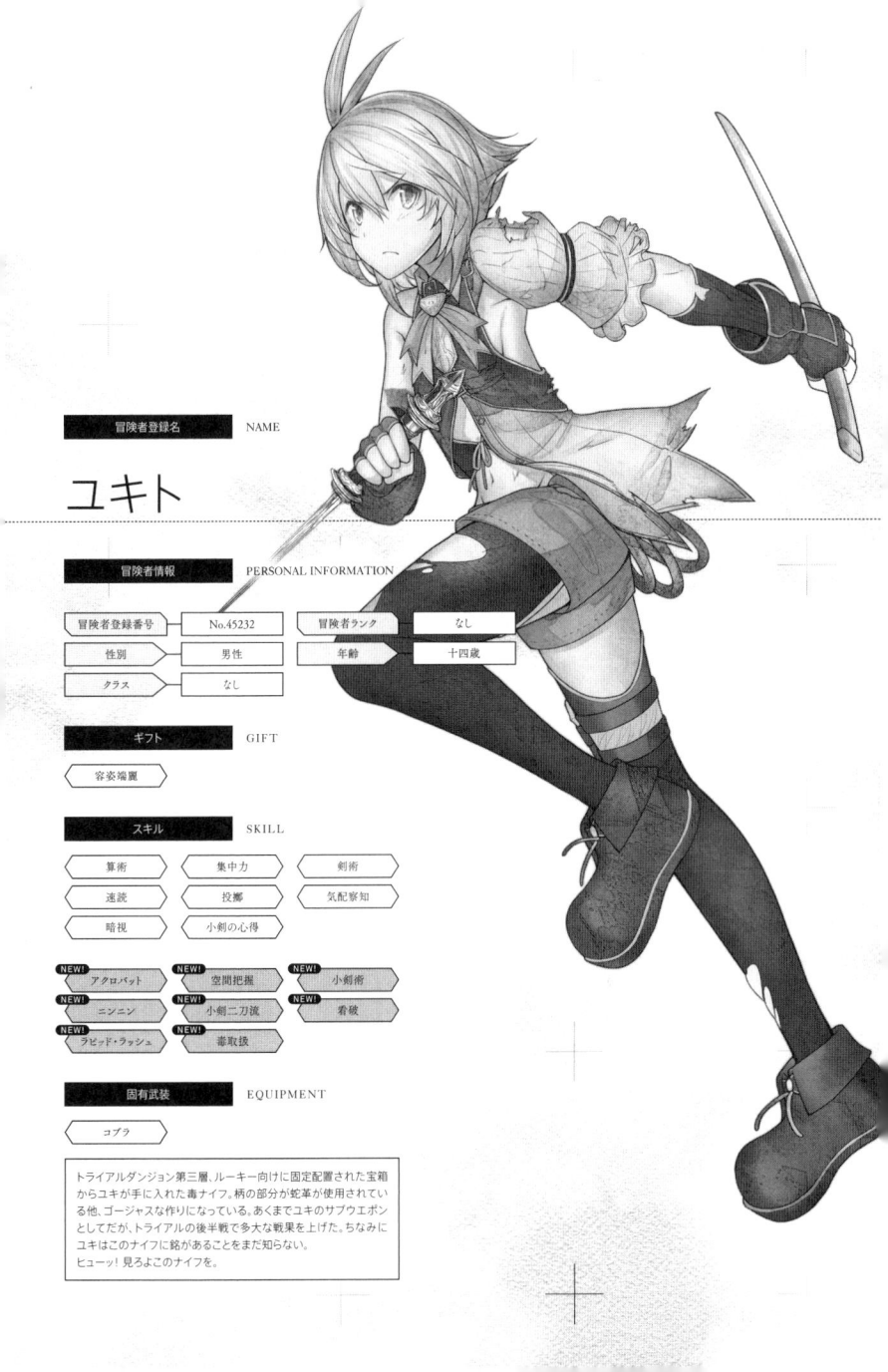

その無限の先へ

OVER THE INFINITE

外伝
とある男爵令嬢のお見合い事情

だ。

貴族の娘というものは非常に面倒臭い。

こんなことを言うと一般市民の方たちから袋叩《ふくろだた》きにされそうだけど、貴族は貴族で色々大変なのだ。

ウチの位は男爵。王国でいうところの男爵といえば、次代へ継承可能な貴族の位としては最も低い身分に当たる。

それでも食うに困るようなことはない。もちろん贅沢三昧《ぜいたくざんまい》ということはないが、飢えて死ぬようなことはない。

幸い当主……要はわたくしの父のことだが、父は領地を持たない法衣貴族とはいっても役職持ちだ。ウチが飢えるくらいなら街は餓死者に溢《あふ》れているだろう。

着るものに困ることもない。貴族の格に合った服装が必須になるが、社交の場には男爵以下の貴族は少ない。見栄を張る必要がないなら楽なものだ。

大変なのは社交……簡単に言ってしまえば人付き合いだ。

男性……上のお兄様のように嫡男ともなれば常時胃を締め付けられるようなストレスに耐えながら、話したくもない相手と笑顔で会話する必要があるらしい。

それよりはマシなのだろうが、わたくしのような貴族の娘も似たようなものだ。楽しくもないのにニコニコと愛想笑いをし、視界にも入れたくない相手でも表面上は楽しく話さねばならない。愛想笑いは得意になったが、ストレスは溜《た》まるばかりだ。

当面の最大の問題は結婚だ。政略結婚の道具として扱われるのはまだいい……いやよくないが、しょうがない。選べる相手が少ないのも身分上しょうがないだろう。

だが、王国の貴族はみんな碌《ろく》でなしばかりだ。どうしようもないゴミクズばかり。

ゴミクズが屯《たむろ》して、あそこの家の誰々はどうだの最近手に入れた宝石がどうだのとくだらない話しかしない。

男も碌でもないが、もっとひどいのが女だ。社交界に出るようになって、女の集まる場に行くと決まって始まるのが噂話《うわさ》。つまり陰口である。

派閥に合わせて自然とグループ化される貴族の中で更にグループが細分化されるのだが、同じ派閥の相手でもグループが違えばもう陰口の対象なのだ。

中傷、自慢、嫌味、格付け、粗探し、小さなグループの中で少しでも優位に立とうと醜聞を求める。

そんなことをしても家格には繋《つな》がらないのに、必死に自分を高く見せようと情報で着飾り、噂という泥を投げつけるのだ。

そして、グループの中でも少しでもズレた考えを口に出そうものなら非難の対象となる。最悪グループから放逐だ。

みんながみんなそうじゃないと思いたいが、今のところ100％に近い確率だ。100％じゃないのはわたくしの分である。少なくともわたくしは口には出さない。

彼女らは陰湿で陰険で救いがない。わたくしもあんなのの同類として扱われるのは冗談じゃない。

幸い新興男爵家のわたくしは発言する機会も少ないので楽なほうだが、それでも限度はある。

◆◇◆

「だからって、キレて暴れるのはどうかと思うんだ」

わざわざ妹の部屋まで来てお小言を言う兄の前で、おとなしく話を聞く。一応自分の非は認めているのだ。

兄の言うことはもっともだ。それはオトナとして、貴族としてあるまじき行為だろう。そんなことは自分でもよく分かってる。

……でも限界だったのだ。長年耐えてきたのだが、先日ついに招待されたお茶会でテーブルを引っ繰り返してしまった。

家格が近いということでちょっとだけ仲良くしてくれた子がひどい目に遭うのに耐えられなかった。今思えばあの子も結構ひどいこと言ってたような気もしたが、そんなのは関係ないのだ。

「いや、出席者全員を引っ叩《ぱた》いたのは記憶から消してしまったのか？」

そんなこともありましたわね。おほほ。

椅子で大乱闘したのはさすがに隠蔽《いんぺい》されているらしい。

「おかけで、お前は社交界でも有名人だ。まさか、ウチからバ・ー・バ・リ・ア・ンとか呼ばれる娘が出るとは夢にも思わなかった」

女性に対してひどい呼び名ですが、別にバーバリアンでも結構。

それならあの人たちはオークです。肥え太っているから丁度良い呼び名だわ。あの人たち、コルセットから大量に肉がはみ出してるんですよ。

バーバリアンがオークを退治するお伽話《とぎばなし》もあったでしょう。退治して差し上げます。なんなら舞台の脚本も書きましょう。

脚本・主演共にわたくしの大舞台です。色んな意味で王都中の噂になるでしょうね。

「進んでいた見合いの話もパー。もう十四歳なのにどうするんだ？」

別にわたくし一人が結婚しなかったからといって、家にはほとんど影響はない。ここまで悪名が広まった以上、むしろ放り出すほうがマシかもしれない。

だいたい生まれた時は准男爵家で、一代貴族の家としての教育しか受けていないわたくしがあんなオークたちと渡り合うのは無理があります。

豚と会話できるのは豚だけなんです。そこのところ分かってもらいたいのですが、駄目ですかね？　駄目でしょうね。

ウチが准男爵家でいた頃はもっと気楽だったのに、どうして一つ爵位が違うだけでここまで変わるのか。

何も気にせずにいられた子供時代が懐かしい。

「このまま教会にでも入ろうかしら」

「兄としては、もうちょっと頑張ってほしいんだけど」

そりゃ、お兄様たちは気楽でいいでしょう。揃《そろ》って好きな人と結ばれたんですから。

今時、貴族で恋愛結婚とか吟遊詩人の詩でも流行《はや》りませんよ。

一目惚《ぼ》れして、会ってみたら相思相愛で、しかも相手も男爵家と家格まで一致、とかでき過ぎてる。舞台演劇でももう少し捻《ひね》るだろう。


「この前、父さんが連れてきた人はどうなんだい？　貴族じゃないけど、大商会の長男らしいじゃないか」

家格を気にしないといけないお兄様に比べて、わたくしはそこまで貴族に拘る必要はない。

元々は世襲貴族でなかったのだから平民に嫁ぐのも普通だし、そもそも選ぶ権利もない。

条件だけでいえばお父様の連れてきた彼は合格だ。何も問題がない。

肥えたオークどころか、爽やかで清潔感のある優しい方だ。しかも大商人の息子とあって頭も良い。貴族相手のマナーも心得ている。スペックだけ見たらこれ以上ないくらいの優良物件とも言える。

「お父様はあの商会と繋がりが作りたいからゴリ押ししてきましたけど、ダメです。好みじゃありません」

「お前は何を言っているんだ」

そりゃ貴族の常識から考えたらありえない言葉だというのは百も承知です。

でも、この前の大乱闘で色々吹っ切れました。わたくしは自重することはやめたのです。

あの方は男らし過ぎていけない。もっとこう……可愛《かわい》い方がいいです。というか、男性より女性のほうがいい。可愛いのは絶対条件なのだ。

「わたくし、実は女の子が好きみたいです」

「…………頭痛くなってきた」

「別に、結婚するのは義務として仕方ありませんが、可愛い女の子を囲いたいと思っています。それが許される経済力と、理解を持つ殿方でしたらどこへでも嫁ぎましょう」

どうせなら自分の欲望に素直に生きたい。

貴族の夫婦間でそれぞれ愛人を囲うなんて珍しいことじゃない。同性愛者がいるのも知っている。ならば、最初からそれを伝えるのが相手にとっての誠意だろう。

「お前が結婚しなくてもウチに問題はないけどさ、妹を想う兄の気持ちも少しは分かってほしい」

「分かってます。だから自重しないだけで、結婚はします。少しだけハードルが上がっただけ……いえ、方向性が変わっただけです」

だから、夫婦間で褥《しとね》を共にするにも限度がある。

ああ、相手の方はホモでもいいですね。仮面夫婦は仲良くやれそうです。……その場合は子供が問題ですが。

グローデル伯爵なんてどうだろうか。彼は有名な男色家だ。お父様と同じくらいの年だし、正妻として嫁ぐには家格が違い過ぎるが、妾《めかけ》ならゴリ押しできるかもしれない。

一応嫡男はいるらしいが、彼自身は基本的にオカマだし夜の生活も最低限で済むだろう。

なんなら同じ同性愛者同士、仲良くやれるかもしれない。駄目元で打診してみようかしら。


「少しか……この分だと次も駄目かな」

「あら、もう次のお見合い相手を見つけてきたんですか？　お父様もなかなかやりますね」

「前回の商会の息子の弟だってさ。秘蔵っ子の三男。こっちはお前と同い年だから気が合うんじゃないかって」

お父様はどれだけあの商会と繋がりが欲しいのだろうか。

確かにあの商会は儲《もう》かっているという話は聞いている。画期的な商品を次々出して、市場に幅を利かせているとも。

「その三男さんはどんな方なんですか？」

「表に出てこないから分からないな。上二人は何度も顔を合わせてるけど」

お見合いした長男と、その下の次男は知っている。商人としてもかなり優秀らしい。でも三男は情報がない。

同性愛に理解が深い方だといいのですが。

◆◇◆

その日、わたくしは奇跡を見た。

見合いの席で父に紹介されて現れたのは、純白の美少女……いや、少年だった。ほんとに？

もしそうだとしたら、目を疑うほどに完璧な存在だ。

「ユキト君だ」

「は、初めまして」

こんな神秘が存在していいものなのだろうか。これまで出会ったどんな男性も……いや、女性すら霞《かす》むような美。

本当に男性なのかと疑わしくなる容姿だが、こうしてお見合いの場に現れている以上は男性なのだろう。

なるほど、わたくしの話を聞いてこんな切り札を出してきたのか。

ああ、これは夢なのだろうか。この子がわたくしと結婚？　素晴らしいですお父様。今だったらお父様を神と崇《あが》めてもいいですわ。

「あ、あの……」

「結婚しましょう」

いけない、つい自己紹介もせずに求婚してしまいました。

いくら興奮していたとはいえ、淑女としてあるまじき行為だ。

「は、はあ？」

ああ、声も可愛い。どこまで完璧なんでしょう。

だけど嫌われてしまっては元も子もない。これは逃していいチャンスではない、どんなことをしてでも気を引かないと。

「あ、う……わた、わたくしは……」

まずい、極度の緊張で言葉が出てこない。……あれ、わたくしの名前は何でしたっけ。

ここまで緊張したのはいつ以来だろう。王族と謁見《えっけん》した際でさえ、こんな緊張は……。

「すまない。娘はちょっとあがり症でね。こういう場にあまり慣れていないんだ」

「あ、はい。大変ですね」

お見合いとか星の数してますけどね！　でもフォローありがとう、お父様。愛してます。

「商会で売れ筋の商品は、大体君が作ったものをもとにしているというのは聞いているよ」

「いえ、前世のものを再現しただけで……欠陥品ばかりでお恥ずかしい……。実際に売れる商品にしたのは父や兄たちの手腕です」

「いやいや、それであれだけ利益を出しているのだから、君が商会の要《かなめ》と言ってもいいだろう。大した才能だ」

家柄とか、商才とか、そんなものはどうでもよろしい。

この美しさの前にはすべてが霞むのですから、オマケでしかありません。

ああ、なんてもどかしい。自分を伝えることがこんなにも困難だなんて。

結局上手《うま》く自分を伝えられないまま、お父様が場を進行するままお見合いは終了した。

お見合いが終わった後、お父様が見せた〝してやったり〟という顔がムカつきましたが、構いません。素直に褒め称《たた》えたい。

ああ、なんとしてでも結婚しなくては。

ベッドの中で彼女……いえ、彼を虐《いじ》めてみたい。……いえ、虐められるのもギャップがあっていいかもしれない。

なんて妄想の膨らむ方なんだろう。淑女としての仮面が剥《は》がれ落ちそう。……見合いの場では剥がれてなかったかしら。


そんな感じで、わたくしとユキト様の初めての出会いは緊張のままに幕を閉じた。

その後はお父様を褒め倒し、親孝行と称して肩を揉《も》んで、次の席のセッティングをお願いする。

お父様は娘に甘いからイチコロだ。

早く、早くユキト様との夢の新婚生活を手に入れるのだ。

そうして、何度か会う機会を設けてもらう。

会う度に少しずつ緊張感は解け、お互いのことを聞くことができるようになってきた。

「お嬢さんは……ご家族もそうだけど、あまり威張り散らしたりしない人なんですね」

どうやら一般的な貴族のフィルタでわたくしを見ていたらしい。

商家、それもかなり大きな家だから、貴族を見ることも多いだろう。それならば打ち解けるのに時間がかかったのも納得だ。

「正直なところ、ちょっと意外で……貴族の人ってもっとプライドが高くて話しづらいと思ってたから」

「え、ええーと、そういう人も多いですね」

大半がそうですけどね。ユキト様の貴族観は正しいと思います。

「ウチは新興の男爵家で、わたくしが生まれた時は准男爵家……当代のみの名誉貴族のようなものでした」

「そうらしいですね」

「なので、というわけでもないですが、決して名家というわけでもありませんし、よその家ほど権威にも拘《こだわ》りはありません」

「でも、ローゼスタって古い家系だって聞きましたけど」

「ローゼスタ自体は古いですが、ウチは傍流も傍流で、本家が断絶していたから代わりに名乗っているに過ぎません」

お父様が男爵になった際に復活となったが、百年近く存在していなかったのだ。准男爵家時代は別の家名である。だから新興男爵家と呼ばれるのだ。

この家だって元々はローゼスタ本家のもので、王家が管理していたものを譲り受けたに過ぎない。本来ローゼスタ家は伯爵だったので、家だけは無駄に大きいというアンバランスな事態になってしまった。お父様はそのせいで嫌味を言われたりもするらしい。

「貴族を名乗ってはいますが、平民とそう変わりません。子供の頃は街の子と遊んだりしてましたし」

身分に差なんてないですよアピールは上手くいったのか、多少は緊張も解けたように思える。

……未《いま》だ敬語ですが。

敬語どころか、呼び捨てでも構いませんわよ。……う、想像したらちょっと興奮してきました……いけない。だらしない表情なんて見せられないのに。

「でも、普通は貴族って貴族同士で結婚するものなんじゃ」

「嫡男はそうですが、女性はその限りではないです」

お兄様は本来大変だったはずだ。家格が上がって条件が限定された上、派閥内の上下関係も気にしないといけない。

なのに完全に条件を満たした上での恋愛結婚とかふざけてるとか言いようがない。どんな強運ですか。

いや、強運といえばわたくしのほうが強運ですね。兄妹三人揃って幸運に恵まれている。

「それに、お父様はユキト様の家とよほど繋がりを持ちたいようですので、何も問題はありません」

「う……そうなんですか」

その反応は、ひょっとして見合い自体が社交辞令で、不成立前提と考えていたとかでしょうか。いいえ、たとえお父様が首を振っても絶対に逃しませんから。食らいついて決して離しません。

「そうです。何も問題はありません。で、そろそろ式の日取りを決めたいと思うんですが……ああ、急《せ》いてるわけじゃありません。業者の都合です」

「ひ、日取り!? えーと、その……僕、男としては背が低いし、そういうのは気にしないのかな」

「全然問題ありません」

わたくしのほうが高いですが、むしろそれがいい。

それに背が高いユキト様なんて、ユキト様じゃありません。あれ……でも……

「お兄様方の背は二人とも大きいですね。ひょっとしたら、これから大きくなるのでしょうか」

「成長期だからありえるけど……兄さんたちはどっちも僕くらいの年には結構大きかったみたいだし。ないんじゃないかな」

伸びないほうがいいので、それは朗報です。ユキト様はぜひ、可愛らしいままのユキト様でいてほしい。

ああでも、大きくても可愛らしいままような気も……それも捨てがたい。

「ユキト様は身体を鍛えたりはしないのですか？」

ユキト様は小さくて華奢《きゃしゃ》で、むしろそのままでいてほしいのだが、年頃の男性は腕力に憧れてしまうもの。鍛えるなとは言いませんが、ここは上手く誘導してこの体型を維持していただきたい。

「あー、華奢に見えますよね。これでも鍛えてるんですよ。兄さんたちよりはよっぽど強い自信がありますす。……筋肉は付かないから力はないけど」

「そうなんですか」

よし、よし。なんて理想的な。無敵過ぎる。

結婚したら栄養をコントロールして、その体型を維持してもらわないと……詳しい料理人も雇わないと。結婚したら平民になるのだから、わたくしが覚えてもいい。

「細腕だけどそれなりには鍛えてるし、さすがにお嬢さんよりは力あると思いますよ」

……しまった。その流れだと、わたくしの話になってしまう。

言う必要はないけれど、隠しごとはしたくないし……。ユキト様は力の強い女性は嫌いかしら。

でも、お付き合いが続けばバレるだろうし、夫婦になったら隠しようがない。ベッドの上で軟《やわ》なフリを続けるのは無理がある。……興奮したらそれどころじゃないですし……。

「う……。その……あまり気分を害さないでいただきたいのですが、わたくし、無駄に力だけはありまして……」

「そうなんですか？　あんまりそんな感じには見えないですけど」

見た目だけならそこら辺の女性と変わりません。むしろ細いくらいですが。むしろ細いくらいですが。

コルセットから肉のはみ出るオーク共とは違います。摘《つま》むようなお肉はありません。重いのだけが難点です。いや、太ってるわけじゃないです。わたくしはスマートです。筋肉がいけないんです。

「えーとですね、わたくし、ギフテッドでして……」

「へー。じゃあ、結構レアなギフト持ちなんですか」

「レア……どうなんでしょう。そこまでではないと思いますが、効果が顕著で……《怪力》なんですが」

「《怪力》がギフトの人って結構いると思うけど、ギフテッドって言われるくらいだから相当なんでしょうね」

ええ、相当です。なんなら、ユキト様くらいだったら片手で持ち上げられます。言わないけれど。

「でも、見た目には反映されないいんですね。細いですし」

「え、ええ、そうなんです。なので、じっとしてれば気付かない人も多くて」

細い。そう、細いんです。女性らしい美味《おい》しいボディラインを維持しています。

結婚後だってユキト様のためならより一層美しい体を維持してみせます。

……重いのはどうしようもないですけどね。ちょっと女性としてはどうなんだってくらい。はあ……。

そんな感じで始まったユキト様との関係。

第一印象では現実には存在しないと思われる深窓の令嬢のような雰囲気でしたが、話してみれば話題が豊富でいくらでも話せてしまう。

前世持ちということで、その記憶があるのも話題が多い要因なのだろうとは思う。

ウチの二番目のお兄様も前世持ちだけど、記憶なんて不明瞭らしいですし、こうして話題に上がることはない。

ユキト様が住んでいた日本という国は、この国よりは遥かに豊かで、進んだ文明を持っていたらしい。

ユキト様は自分の力ではないと謙遜するけれど、その知識は商会が売り出している商品にも応用されているというし、秘蔵っ子扱いも間違いじゃないでしょう。

まあ、わたくしはこの容姿だけでも大満足なんですけどね。

正直近くにいるだけでも幸福感で溶けそうですし、声を聞くだけでも色んなところがはしたないことになりそうです。

社交の場で暴れたことも既に忘却の彼方《かなた》だ。むしろお茶会が出禁になったことでユキト様との時間を多く取れる。過去の自分によくぞ暴れたと褒めてあげたいくらいだ。

そうして逢瀬を重ね、ユキト様の言葉遣いも親しい人向けのそれとなり、わたくしのことを呼ぶ際も呼び捨てになった。

お互いの家族との面識も増え、それぞれが好印象だ。あとは結婚の日取りを決めるだけ、という段階まで漕《こ》ぎ着けていたのだ。

何もかもが上手くいっていた。


そう、すべてが上手くいくような気がしていた。

◆◇◆

「いえ……で？」

ユキト様がいなくなった。

「そうらしい。書き置きを残して姿を晦《くら》ましたそうだ」

「そんな……バカな」

目の前が真っ暗になった気がした。あまりのショックに立っていられない。

ああ、わたくしの身体、こんなに重かったんでしたっけ。最近は羽根のように軽かったのに。

一体何が起きたというのか。あれほど恋い焦がれて、結婚だってもうすぐだったというのに……。

舞い上がり過ぎてあまり客観的に自分のことを判断できない状況だったけど、無難にやれていたと思う。やれていたはずだ。

……だらしない顔とかしてませんわよね？　そんなには……。

「お前、ユキト君に何かしたんじゃないのか？」

「するわけないでしょうっ！　頭おかしいんじゃないですか!?」

「おま……父親に向かって何てことを……」

「そうです……ボロなんて出してないのに」

上手く擬態したはずだ。必死に練習して、決して邪《よこしま》な雰囲気など表には出していないはず……。けれど、逃げられる理由が他に思い当たらない。

わたくし自身がボロを出してないとすると……周りの環境？

まさか、あいつらがバーバリアンの名を広めたとかそんなことは……ありえる。わたくしを陥れるためにありもしな……くもないですけど、醜聞を撒《ま》き散らしたとしても不思議はない。

相手は大商人の家だ。そういう情報には敏感だろう。

「お父様、久しぶりにお茶会に出席したくなりました」

「お、おお、そうか。今後のことを考えるとそのほうがいいな。……ユキト君は惜しいが、ちゃんと相手を探してくれるならそれでも……」

「バーバリアンの真の恐ろしさを思い知らせてあげないと……ふ、ふふ……」

「おい、ちょっと待てっ！　なぜそうなるんだっ!!　まさか、彼女らが噂を広めたとか思ってるんじゃあるまいな!?　いくらなんでも飛躍し過ぎだぞっ！　お前、他の令嬢には怖がられてるからそんな噂など流すはずないだろう。とりあえず、落ち着けっ！　待て、それは女が振り回すようなものじゃないっ!!　なんで普通に持ち上げられるんだっ!?」

「はーなーしーてーっ!!」

壁に飾られていたスパイクフレイルを持って家を出ようとするけど、父が離してくれない。これであの女たちの頭をカチ割ってやりたいのに。

お父様との長時間にわたる格闘戦の末、スパイクフレイルは取り上げられてしまった。何か代わりを探さないと……持ちづらいけれど、樹でも引っこ抜いて持っていこうかしら。

……宝物庫に巨大なハンマーがありましたわよね。大人が数人がかりでようやく運べるかどうかという重量だけど、アレ、わたくしなら持てないかしら。

いや、確かあそこには宗家が開けられずに放棄された開かずの間があったはず……そこにもっと強力な武器がないだろうか。一撃で人を真っ二つにできる斧《おの》とか。

ローゼスタの始祖は黒い大斧を使ったという伝説があったから……ひょっとしたらあそこに眠ってるのかもしれない。

「いくらなんでもありえんだろう。彼女らはお前に怯《おび》えてるような状況だぞ。今でも部屋から出れないご令嬢もいると聞くし……」

「しかし、他に考えられません」

「いいか落ち着け。それに真実がどうであれ、ユキト君がそんな噂を気にする狭量な男だと思うか？」

「…………」

言われてみれば、ありえないかもしれない。

これまでお付き合いして感じたユキト様の人間性は穏やかなものだ。いたずらっぽいところもあるけれど、物事の正否が分からない方ではない。

真実がどうであれというお父様の言葉はまた別に追及するにしても、ユキト様がそんな悪意のある噂に惑わされるなど……。

ましてや、本人に確かめたりもせずにいなくなるなどありえないでしょう。

では誘拐……いえ、書き置きを残したということはそれも……。まさか書かされたとか。

「その残された書き置きとやらは、本人のものだったんですか？」

「……あ、ああ、そうらしい。身の回りのものも一緒になくなったらしいから、家出だろうということになった」

では誘拐ではない。家出に見せかける必要は……ないでしょうか。……ないですね。

ますます分からなくなってきた。一体わたくしの王子様は何を考えているのか。

「では、どこに行ってしまったのでしょうか」

「もしも誘拐なら、犯人から連絡があるだろう。王都から出た形跡はないから、まだどこかに隠れているのかもしれないが、見つけるのは困難だろうな」

「なぜでしょうか？　貴族でないとはいえ大商人の息子です。捜索費用くらいいくらでも……」

なんならわたくしがその費用を出してもいい。足りなければお父様を脅して……お願いして出してもらうという手も……。

「彼はああ見えてそこらの衛兵や冒険者よりも王都の地理に明るい。本気で隠れられたら見つけるのは困難だという話だ」

「手掛かりはないのでしょうか。どこか目的地とか……」

「……家族の話では、迷宮都市に行ったんじゃないかって話だ。定期便の馬車には姿は見当たらなかったらしいが、行くだけなら方法はあるからな」

「迷宮都市？　……とは、あの荒野の先にある領地ですか？」

何もないので有名な領地だ。不毛の大地を抜けていくのは困難だろうが、決して踏破できない距離でもない。

しかし、都市とは呼ばれていてもそれは遥か昔の名残で、今は何もないはず。そんなところにわざわざ何をしに行くのでしょう。

家出にしてもおかしな話だ。生活しやすい街は他にいくらでも……。

「ああ、お前は知らんだろうが、あそこは王都よりデカイ都市があってな」

「……初耳ですが」

王国の一領地になぜそんな都市が。

「王国はあそこは存在しないものとして扱ってるからな。事実、大貴族でも実態を知らない者は多い」

ユキト様に繋がる情報だ。最悪暴力に訴え出るつもりでお父様から情報を聞き出す。

情報規制されているという話だったが、それは貴族の面子の都合らしいので特に問題はない。ええ、ありません。

「俄《にわか》には信じがたい話ですね」

「だが事実だ。ウチの陞爵《しょうしゃく》にも絡んだ話だしな。おそらく私以上にあそこに詳しい貴族はいないだろう」

詳細を聞いてみれば、王国が内戦に負けた事実を隠したいがために存在ごと忘れようとしているだけだった。

この国は生かしてもらっただけ、意地を張ることもできずに目を逸《そ》らしているだけだ。

事実を隠して、消して、忘れて、あるいは最初から知らずに過ごす。そうやって巨大な怪物から目を逸らして生きている。

お父様が事情に詳しいのも、その内戦の際に上手く立ち回ったからに過ぎない。異例の出世を果たしたのもそれが原因だったということだ。

お茶会で出会った、社交界で出会った貴族たちがひどく矮小《わいしょう》な存在に思えた。何が貴族だ。この国は、なんて小さい国なのだろう……。

……わたくしはこの国が嫌いになりそうです。

実はユキト様もそれが嫌になったんじゃないだろうか。それで迷宮都市に……なんて聡明《そうめい》な考えでいらっしゃるのかしら。素敵。

「ウチはまだいいほうだ。領地持ちや自前で兵を揃えた家は悲惨だった……いや、今でも悲惨だからな。未だに借金漬けだ」

「ああ……なんとなく分かります」

お茶会で自慢の宝石や服を見せびらかす貴族は多いが、古く大きな家ほど、由緒ある伝来のものを自慢するだけで新しいものに手を出さなかった。

見た目はきらびやかでも、結構経済的に苦しかったのかもしれない。

そういえば、お茶会で張り倒した子爵家の子は家が大きくて大変だと言っていたが、あれは使用人が少ないということではないのだろうか。

「お父様、わたくし決めました」

「な、何をだ」

「家出します」

「お前は何を言っているんだ」

そんな馬鹿を見るような目はやめてください。本気なんですから。

「ユキト様を追いかけて迷宮都市に向かいます。お父様もわたくしのような不良在庫を処分できるなら丁度良いでしょう？」

「ま、待て。本気か？　いやいや、落ち着け。……そもそも迷宮都市は移住者を受け付けていない。ただ行っても街にすら入れん」

「は？」

そんな街が存在するのだろうか。一応同じ国なんですよね。

「なぜですか？」

「この際だから洗いざらい話そう。……まず、あそこは国内ではあるが、基本的に外国として考えてほしい」

「その時点で変な話ですが……はい」

内戦の件を考えれば、分からないでもない。むしろ、まだ王国の一領に収まっていることのほうがおかしい。

だとしても移住者がいないというのは極端だ。それでは迷宮都市は内部だけで人口を賄っていることになる。

「あそこは外国扱いで、貿易もしない。他国の使者として入れるのは、入り口付近のほんの僅《わず》かな場所だけだ」

「どうやって物資を賄っているのでしょうか。周りは何もない荒野のはずで、食糧すら自給が困難な土地と聞いたことがあります」

「どうやってるか……どうやってるんだろうな。私が視察した所はほんの入り口だけだが、凄《すさ》まじく豊かな街だった」

お父様は入ったことがあるらしい。

迷宮都市だけでも凄まじく豊かになれる程度には経済が回っていると。……豊かなら人手が必要になりそうなものですが。

貿易をしているなら、荷物に紛れて入ってしまうという手も使えたのに。何かいい手はないのでしょうか。

「では、お父様のような立場の人間以外は誰も街には入れないということですか？　……ユキト様はどうするつもりなんでしょうか」

ひょっとして、そのまま帰ってきたりするのだろうか。だったら待ってたほうが……。

傷心のユキト様を温かく受け入れて抱擁すれば、好感度アップではないでしょうか。ああ、抱き締めてあげたい。

「例外はある。……迷宮都市は王国中の腕利き冒険者を集めているのだ。戦える人間であれば受け入れる。逆に言えば戦えない人間は必要としていない」

「また戦争でもする気なんでしょうか」

「それはない。少なくとも迷宮都市から攻め込むことはない。必要がないからな。……戦える人材を求めてるのは、迷宮都市内にあるダンジョン攻略のためだ」

「……ダンジョン」

……思い出した。迷宮都市という名前の由来。

なんとかというダンジョンを中心に広がった都市が元だったという話だ。王国ができる以前の話、もはやお伽話と変わらない伝説だ。

それを攻略するため？　……何のため？　ダンジョンがあるのはそれは不利益でしょうが、そこまであの土地に拘《こだわ》る必要も……。

いや、違う。それに何か意味があるのだ。迷宮都市が近年になって急速に力を付けた理由が。

「でも、ユキト様はそこに向けて旅立ったわけですよね」

「ユキト君は以前から随分と鍛えてはいたらしい。そこらの冒険者よりは遥かに強いようだ。上の兄二人では相手にもならないと言っていた」

まあ、あんな小さな身体でお強いのね。聞いていたことではあったけど、去勢を張っていたわけではないと。

筋肉は付きにくいと言っていたけれど、実はあの服の下は逞《たくま》しい無駄のない身体をしているのかしら。

男らしいのはマイナスポイントだったけど、ユキト様だったらそんなギャップもいいかもしれない。……想像したら鼻血出そう。

「では、わたくしも強くなります。そして追いかけます」

強くなければ街に受け入れられないというのであれば、強くなればいい。

幸いわたくしには強くなる基盤がある。ギフテッドは伊達《だて》じゃないのだ。

「正気か？　……正気なのだろうな。確かにギフテッドのお前ならなんとかしてしまう気もする。……分かったよ。可愛い娘のためだ、なんとかしてやる。ただ、家を出たら最後、死んだことにするから、戻ってはこれないと思え」

「上等ですわ」

わたくしは良い父親を持った。こんな我儘《わがまま》を通してくれるなんて。

◆◇◆

刃《やいば》が風を切る音が、轟音《ごうおん》となって響き渡る。

剣を振る。ただひたすら振る。無心で、剣と一体になっていく感覚。自らが作り上げた練習台。強敵。目の前の幻影を討ち滅ぼすように。

あれから数ヶ月。結局ユキト様は戻ってこなかった。つまり、迷宮都市に入って冒険者になったということなのだ。

ならば、わたくしも冒険者にならないといけない。ユキト様を追いかけられる強い冒険者に。今度は置いていかれないように。

独自の情報網で調査した限り、迷宮都市基準の戦闘力はこんなものでは足元にも及ばない。怪力だけでは駄目なのだ。力と技術が両立していないと話にならない。

……情報を聞き出した酒場のゴロツキ共をなぎ倒せる程度では話にならないらしい。

仮想敵はオークだ。屈強でいて、だらしない肉をぶら下げた、ドレス姿のオーク。

聞くところによると、冒険者はオークを一対一で仕留められれば一人前らしい。

詳しい基準は不明だが、ギルドから迷宮都市行きを勧められるのはそれくらいではないと睨《にら》んでいる。

ならば、豚を問答無用で挽《ひ》き肉にできるほどの力があれば問題ないはず。


「おい、娘よ」

「……なんですか、お父様」

お父様の声で思考が中断されてしまった。無数のドレスオークの姿が消える。

声をかけられたくらいで作り上げた幻影が消え去るとは、まだまだ集中力が足りない。

「あー、お前は一体どこに向かっているんだ」

「ユキト様のところです」

剣を振り回すなど淑女には似合わない行為だが、そのために必要だというのなら構わない。

「これも一つの淑女としての在り方です」

「……私の常識では、淑女を名乗る者たちはそんな巨大な剣を振り回したりしないものだ。よく腕が千切れないな」

確かに大きいですが、巨大というほどでもないはず。せいぜいわたくしの背より……ちょっと大きいくらいです。

倉庫にはこれよりも大きな武器は沢山ありましたし。

「時代は移ろいゆくものですわ、お父様。最近の淑女はアグレッシブにいかないと」

「……移ろってるのはお前だけのような気もするが」

いくら身内相手とはいえ、失礼ですね。

「というかだな、そんな化け物のような剣、どこから持ってきたんだ？　訓練用として買った剣はどうした」

「これは宝物庫の奥のほうにしまってありました。買ってもらった剣は折れました。不良品ですから、あとで鍛冶師《かじ》に文句を言ったほうがいいですよ」

「折れた……一応、王都一の鍛冶師が作ったものなんだが……。宝物庫って、あの始祖様のか？よく開けられた……いや、お前なら開けられるかもしれないな」

かもではなく、開けたのです。


ローゼスタ家の始祖が作ったという宝物庫は力無き者以外にはその扉を固く閉ざしている。

この場合、力とは腕力だ。始祖様が誇っていたという怪力に匹敵する腕力でのみ扉を開くことができる。

過去にあの扉が開いたという話は残っていないが、わたくしが試してみたらなんとか開けられた。

当家はローゼスタの直系ではないけれど、家系を辿《たど》っていけばぶつかるはず。きっとわたくしのこの力も先祖返りのようなものなのでしょう。

「ところで、お願いしていた冒険者の家庭教師の件はどうなりました？」

事前に冒険者に求められる強さ、経験を得るため、お父様から冒険者ギルドに家庭教師の依頼を出してもらっている。

体面的な問題もあり、女性冒険者という縛りを付けることになってしまったけど、もう数ヶ月だ。そろそろ見つかってもいいんじゃないだろうか。

「実は今日、一人女剣士が見つかったんだが……」

「だが？」

「お前の素振りしている姿を見て、自信喪失して帰っていった」

なんともはや……。情けないことですね。本業でもない、小娘相手に自信喪失など。

まあ、そんな相手に何を教わるのだということもあるから、帰ってもらっても特に問題ないですけど。

「以前、保留になっていた魔術士のほうはどうなったのですか？」

追いかけることを決めた直後の話だが、魔術士がこの話を保留扱いにしていたはずだ。

別件があるので受けられないかもしれないとのことだったが、珍しい女性魔術士ですし結構な腕前ということで期待したのだけれど。

「どうも迷宮都市に行って戻ってこないみたいだな。そのまま街に入ったんだろう」

迷宮都市行きの人だったのか。それは残念。ひょっとしたら、あちらで会うかもしれませんわね。

「もうそのまま行っても大丈夫じゃないか？　騎士団の連中くらいなら倒せるだろう」

「確かに模擬戦では五人抜きしましたが」

「え、ほんとにやったの？」

先日、騎士団に殴り込みに行ったのだが、全然大したことなかった。

最初は馬鹿にしてたのに、甲冑《かっちゅう》ごと軽く薙《な》ぎ払ったら怯える始末。五人目なんて素手でやったのに、ほんと情けない。

「あの程度の連中なら、何人いようが一緒です。あれが我が国の国防を担う者たちだと思うと嘆かわしい」

「いや、あの人たちも頑張っているからな？」

お父様は、お前がおかしいだけだという目でわたくしを見ていますが、あの方たち想像以上に弱かったですよ。

五人で終わりましたが、やろうと思えば同時に倍程度ならいけたかもしれません。

……放り投げた団長さんの話では、少し前までだったらもっと強い人がいたということですが、どこまで信じていいのやら。

「ともかく、まだ足りません。宝物庫の最奥部にある〈黒斧ローゼスタ〉を軽く振れるくらいにはならないと」

「宝物庫にあったのか……お前、それ伝説になってるような武器だからな。持ち出すんじゃないぞ」

「えー」

「えー、じゃない」

まあ、誰も行方を知らなかった武器ですし、宝物庫を開けられる人は他にいないので、わたくしが持ち出しても問題ないでしょう。確認しようがありませんし。

こっそり持ち出す家財を減らして、あれを積み込んでもバレないはず。元々存在しないものとして扱われていたのだから。

◆
◇
◆

まだ夜も明け切らない時間帯。迷宮都市行きの定期馬車に乗るため、家を出る。

手荷物は少ないものだ。大きな鞄《かばん》と、布で包んだ黒斧ロー……武器。そして、宝物庫にあった黒い鎧《よろい》だけだ。何かドレスっぽかったので気に入っている。

「そろそろ行くのか？」

「ええ、お兄様たちにもよろしく言っておいてください」

門を出るところにお父様が立っていた。誰にも言わずに出ていくつもりだったのに。

「なぜ、お父様は今日出ていくと？」

「何年お前の親をやっているると思っているんだ。考えることくらい分かる」

「そうですか。でも、わたくしの性癖は知らなかったのですよね」

「……知りたくなかったんだ」

見て見ぬフリをしていたと。

まあ、わたくしはできた娘ですので敢《あ》えて言うつもりもありませんが、ここにいるのも迷宮都市行きの馬車が今日出ると知っていたからでしょうね。

お父様がそれを調べられないはずはありませんし。


「今更だが、考え直すつもりはないのか？」

「本当に今更ですね。大体残ってどうしろというのですか？　グローデル伯爵の妾になって自由にしていいといわれても、もう魅力は感じないのですけれど」

それはそれで楽しそうだが、ユキト様を知ってしまった以上それでは収まりがつきそうもない。

「なぜ伯爵……ああ、そういうことか。お前バカだろう？」

「失礼な」

「伯爵は有名な男色家だからな。正直近寄りたくない。親戚になるなど以《もっ》ての外だ。……実は私も結婚前に襲われかけたことがあるんだ」

「あまり知りたくなかった話ですわね」

なぜわたくしは旅立ちの朝に、自分の父親が男性に襲われる話を聞かされているのでしょうか。

今生《こんじょう》の別れになるかもしれないのだから、もうちょっと話すことはあるでしょうに。

「伯爵については、私が若い頃は噂ばかりが先行していてな。あまりにひどい噂話ばかりが流れていたので、どこまでが誇張された話で、どこまでが真実か判断がつかなかった。当時所属していた派閥でも懐疑的な意見が多くてな。そこで、伯爵とはいえさすがに同じ貴族には手を出さないだろうと、半ばゲーム感覚で彼に取り入ろうとした奴がいた。彼は男爵家の嫡男だったのに、ホモになって廃嫡されてしまった。……それでも伯爵は何も処分されないのだから、恐ろしいことだ」

それ、一歩間違えればわたくしが生まれていなかったということになるのではないでしょうか。

恐ろしい方ですね、グローデル伯爵。

「正直、彼がいるおかげで王国の財政がなんとか回っているところもあるから、ある程度自由にできるというのも分からなくはない。いつの時代も貴族……特に王宮で政争に励んでる連中は腐敗していると言われるが、さすがにああいう昔ながらの大貴族は手腕が違う。怪物だな」

文官としてはそれなりに認められているお父様が言うのなら相当なんでしょう。

確かに仕事では非常に有能な方だと聞いていますね。問題は性癖と格好だけだとも。

「しかし、嫡男が生まれてからは伯爵も随分と丸くなった。少なくとも貴族相手は手を出さなくなったからな」

貴族相手じゃなければ、まだ遊んでるということですよね。最近も風の噂で新しいおもちゃを手に入れて自慢していたと聞きましたし。

「伯爵の話はいいだろう。……本題だが、実はお前に関しては結婚以外にも道がないわけではない」

「はあ……何でしょう」

今更過ぎて、どんな内容でも心変わりはしそうにありませんが。

「実は王国騎士団から誘いがあった」

「お父様がですか？　さすがに年齢を考えると武官になるのは難しいのでは？」

「お前だ。今はお前のことを話してるんだぞ。……将来的に士官への昇進を内定しての入団を打診されている」

「……わたくしですか？」

随分と変わった話だ。帝国には女性の騎士もいるとは聞いたことがあるが、王国では女性の兵はいない。ましてや士官などありえない。

わたくしが生まれる前まで遡《さかのぼ》れば、そういう人がいたらしいという噂も聞いたことがあるけれど……そんなところに行ったら虐められそうですわね。

「いつか騎士団相手に暴れたのが原因だろうな。士爵位を貰《もら》えば、当代のみとはいえ当主だぞ。好き勝手できる。後継者もいらないわけだから結婚する必要もない」

「まったく魅力を感じません」

「……そうだろうな。一応そういう話もあるということだ」

大体、わたくしは結婚したくないわけではありませんし。

当主になって好き勝手やるのも悪くはないですが、それには時間もかかるでしょう。

「もし、迷宮都市から追い出されて戻ってきたら考えてみるといい」

「はあ……分かりました。しかし、なぜそんな話になるのでしょうか。慣例的にありえないと思いますが」

いくら騎士団が弱くて、わたくしにボロボロにされるような現状があったとしても、騎士団は貴族の集まりだ。一般の兵士とは違う。

伝統を重んじ、無駄にプライドだけが高い貴族にそれが許容できるとは思えない。

「……ちょっとキナ臭い動きがある」

「……戦争ですか。まさか帝国と？」

この弱り切った状況で？

「いや違う。帝国は絶対に攻め込んでこない。今回のは別件だ。……内戦以降、属国連中の声が大きくなっているんだが、そのうちの一つが暴発寸前らしい」

散々搾取しているという話だから、ありえないこともないでしょう。

しかし、帝国が攻めてこないのは絶対なんですか。何か事情がありそうですが……迷宮都市絡みでしょうか。

「それで少しでも戦力が欲しいと……どれだけ切羽詰まってるんですか」

「実際のところ、いくら弱っているとはいえ属国にやられるようなことはない。相手にもならないだろう。……だが、例の内戦のせいで臆病になっているんだろうな」

なるほど。舐《な》めてかかって一蹴されたから、今度は必要以上に慎重になっていると。

一つ暴発したら連鎖して他の属国まで牙を剥《む》く可能性もあるわけだから、ある程度は慎重になったほうがいいとは思いますが。

「事情は分かりましたが、決心は変わりません」

「今更だからな。もうお前は好きに生きるといい。……迷宮都市の冒険者になったとしても、こちらに来ることはあるだろう。その時は顔を出しなさい」

「……わたくしは死んだことにするのでは？」

「色々考えた上で、お前の籍はそのままにしておくことにした。いつでも戻ってきて構わんよ。ここはお前の家なんだから」

「お父様……」

これはわたくしの我儘なのに……そんなこと言われたら泣いてしまいそうです。

「だから、今生の別れというわけでもない。また会おうということだ」

「……ええ、必ず。行ってきます、お父様」

「行ってらっしゃい、娘よ」

そして、わたくしは家を出た。

生まれ育った場所ではないけれど、ここがいつか帰ってくる場所なのだと、そう確信しながら。

◆◇◆

王都の門から出て指定された場所まで来ると、貧相な馬車が止まっていた。

駆け出しの交易商人がちょっと奮発してみましたという感じの、帆が付いただけの荷馬車だ。

馬車の前には軽装備で武装した女性が一人。どう見ても商人には見えない。おそらく、この人がこの馬車の御者なのだろう。ひょっとしたら迷宮都市の冒険者なのかもしれない。


「失礼します。迷宮都市行きの馬車はこちらでいいでしょうか」

「合ってるよ。……珍しいね。こっちの一般枠はほとんど人が来ないって聞いてたのに」

随分と男性的な軽い口調だ。冒険者なんて荒事をやっていると、こんな感じになるのだろうか。

……ユキト様が荒々しい風貌になっていたらどうしましょう。……いや、それはそれでアリかもしれません。もうユキト様なら何でもアリのような気がしてきました。

「一般枠というのは？」

「あー、元々冒険者をやってる奴らは専用の定期便があるんだ。こっちはそうじゃない人用。迷宮都市で初めて冒険者になるって人向けの便だね。正直人が少ないから、馬車もオンボロだし、食事も出ない。私の報酬も少ないと」

あなたの報酬はどうでもいいのですが……そうですか。そういうものですか。

「では、よろしくお願いします」

「はい、一名様ご了解。……えっと、一応決まりなんで、名前と年齢を聞いてもいいかな」

「レーネです。十四歳」

「ただのレーネさん？」

そう聞かれてちょっと迷ってしまった。

事情はどうあれ家を出たのだから、これからはただのレーネとして生きていこうと考えていた。

だけど、出る直前にお父様に言われたのは……。


「……いえ、レーネ・ローゼスタ。オーレンディア王国男爵ローゼスタ家の娘です」

だから、これからもそう名乗ろう。変わることなく、ローゼスタの娘として生きよう。


「へー、貴族様か。よく王国貴族が内偵や破壊工作目的で迷宮都市に入ろうとするんだけど、そういうのじゃないよね。簡単にバレるよ」

「失礼ですね。そんな目的はありません。冒険者になりに行くんです」

貴族と分かっても口調は変わらない。……迷宮都市では貴族の肩書は通用しないと聞いていたが、どうも本当らしい。

……しかし破壊工作とか、……そんなことをしてる人たちがいるんですね。暇というか何というか。

「あんまり貴族様が冒険者になるって聞かないんだけど。……結構大変だよ。切った張ったで痛いし、戦ってばっかりだし。迷宮都市は女性冒険者も多いけど、個人的には女の子に向いている職業とは思えないしね」

「あなたも女性でしょう?」

「私はやむにやまれぬ事情があってやってるから。あなたは……レーネさんは何か目的でもあるの?」

「ええ、それは……」

目的はずっと変わらない。この数ヶ月、ずっと胸に刻みつけてきたことだ。

わたくしはローゼスタの娘として、胸を張ってあの方に会いに行く。女なのだから、愛に生きるのは正しい道だと思うのです。

「当然、愛《いと》しい人に会いに行くために」

おまけ　「コンビニに行こう」

目を覚ますと見慣れない部屋だった。

部屋は暗く、窓から射《さ》し込む光で照らされるのは、整頓されたワンルーム。近代的な家具は前世で見たものと酷似していて、違和感ばかりがある。

なぜこんな場所にいるのか……。確か俺は、迷宮都市に来てトライアルを……。

「……ここは」

喉が嗄《か》れているのか、声が掠《かす》れている。気怠《けだる》く、疲れが取れていない。全身を覆うのはオーク軍団との一週間戦争末期にも似た疲労感だ。

少なくとも先日まで住んでいた馬小屋ではないだろう。あそこにはこんな上等な布団はない。

一瞬、これまでの十数年間の出来事はすべて夢で、俺はここに寝ていただけだったのか、とも思ったが、そんな夢オチのようなことはない。

よく考えてみれば、ここは寮の部屋だ。見覚えがないのもベッドに倒れこんでそのまま眠りに落ちてしまったからに過ぎない。

荷物……愛用のズタ袋も近くに転がっている。

服装だって血塗《まみ》れのままだ。凝固しているからそれほど布団には付着していないが、それでもシーツは替えないとまずいだろう。

やっぱりお金取られるかな……。

一体どれくらい寝ていたのだろうか。窓の外は暗く、射し込んでくる光は街灯などの人工の光だ。トライアルが終わって帰ってきたのは確か夜の十時くらいだったはずだから……十二時くらいだろうか。

「時計とか……ないかな」

迷宮都市の外なら時計なんて高級品が備え付けられているはずもないが、ここなら普通にありそうだ。

ダルい体を無理やり起こして立ち上がると、ひどい目眩《めまい》がした。近年ほとんど体験していないほどの立ちくらみだ。よほど疲れていたらしい。

部屋を見渡すと、入り口らしき扉の前に電灯のスイッチがあった。センサー式のようで、軽く触れるだけで部屋が明かりに包まれる。

「うお、まぶしっ」

思わず口に出してしまったが、光量に驚いたのも事実だ。陰陽弾を撃った覚えもない。

そもそも迷宮都市の外では夜に明かりをつけたりしない。つけたとしてもせいぜいが蝋燭《ろうそく》だ。前世の知識がなければ、俺だって驚愕《きょうがく》していたことだろう。

きっとフィロスあたりがこの寮に住み始めた時は驚いたんだろうなと想像してしまう。

入り口の扉の上に時計がある。それを見れば六月二日の午後十一時だ。……一時間くらい寝てしまったらしい。

というか、暦も日本と同じなのね。俺たちがこの街に来たのは六月二日だったのか。

確か部屋に荷物を置いたらユキとコンビニに行こうという待ち合わせをしていたのだが、悪いことをしてしまったかもしれない。

ベッドの寝心地が良過ぎるのがいけないのだ。なんとか起き上がりはしたが、再び倒れこみたくてしょうがない。

というか、あんな過酷なトライアルを攻略してきたのだ。疲れていて当然。眠くて当然だ。

ベッドを見るとやはりところどころ汚れている。血もそうだが、そもそも一張羅が汚いのだ。そのまま真っ白いシーツに転がれば汚れもする。

全裸で寝ればよかったかなとも思ったが、裸でも汚いだろう。ここ一ヶ月ほど水浴びをした記憶がない。……風呂入りたいな。

少しずつでもいいから文明人らしい生活に慣れていきたい。

「眠いけど……腹も減った」

ちょっと洒落《しゃれ》にならないレベルで腹が減っている。下手したら何日も何も食っていないんじゃないかというほどの空腹感だ。

……きっとあの謎スキルのせいだな。発動中はやたら腹減ったし。

何か食うものが欲しい。……ダンジョンマスターから貰《もら》ったツナ缶はあるが、足りるはずがない。

「……コンビニ」

そうだコンビニへ行こう。何でもいいからとにかく食うものを買うのだ。

◆◇◆

部屋を出て、隣の102号室……ユキの部屋に足を運ぶ。

寝落ちした俺を放っておいてコンビニに行ってしまったかもしれないが、声はかけておいたほうがいいだろう。

案外、ユキも寝落ちしているということもありえる。

インターホンを何度か鳴らしても反応がない。音が聞こえないのは防音がしっかりしているからなので、鳴ってはいるはずだ。

試しに俺の部屋のインターホンを鳴らしてみても、ドアを開けないと聞こえない。こりゃノックしても気付かないな。

これだけ鳴らして反応がないということは外に出ているのだろうと、一人でコンビニに向かおうと外に向かって歩き始めたところで、ドアが開いた。いるんじゃねーか。

「あ――――」

ゾンビか何かのような声をあげながらユキが部屋から出てきた。

表情も死人のようだ。髪がボサボサで跳ねまくっている。

「……やっぱりツナか……ごめん、寝てた」

「俺も寝落ちしてたから同じだ。一時間くらい寝てたみたいだ」

「そんなに……着替えてもいないし、シャワーも浴びてないのに」

そういや、シャワーなら二十四時間使えるとか吸血鬼が言ってたような。どうせなら湯船に浸《つ》かりたいが。

「……えっ!?」

時間を確かめるためか、ドアから中を覗《のぞ》きこんだユキが声をあげる。

「どうした。荷物でもなくなったのか？」

「ちが……ろ、六月二日っ!?」

「ああ、日付か。俺もさっき気付いたんだけど、なんか日本と同じなのな」

「いや、そうじゃなくて……え、僕たちがこの街に来たの六月一日だよ。講習の時に見たから間違いない」

「……は？」

そんな馬鹿な。確かにトライアルで時間は取られたが、その間、時間は経過していないはずだ。

一日分どこへ消えた。

……まさか。

「……寝てたのか？」

ユキを引き取りに行ってここに来てから丸一日ずっと？

「揃《そろ》って一日以上寝ちゃったってことだね。……一日以上、あんな体勢でいたのか。そりゃ疲れるよ」

お前、どんな体勢で寝てたんだよ。

……しかし、それでか。そりゃ腹も減るし、喉も乾くだろう。

「……まあ、寝過ぎたことはしょうがない。とりあえず飯買いに行こうぜ」

「そ、そうだね。……ちょっと待って、お金取ってくる。……うわ、フラフラする」

しかし、……マジかよ。一日以上寝るのはさすがに経験がない。そんだけ疲れてたってことか。トカゲのおっさん、ミノタウロス、猫耳と主要な戦闘だけダイジェストで振り返っても濃密過ぎる一日だったのだ。納得といえば納得である。

◆◇◆

「しかし、こうして見ても違和感しかないね」

ユキと二人、寮とギルド会館の向かいにあるコンビニまでやってきたが、そこに鎮座してるのは煌々《こうこう》と光で照らされたザ・コンビニという感じの店だ。

店名は日本で見たことのないものだが、通りに面した雑誌コーナーで立ち読みをしている人がファンタジーっぽい格好をしていなければ、日本に来てしまったのかと勘違いしそうだ。

「ここでも王国の通貨は使えるのかな」

「そういや、まだ両替してない……って、書いてあるな」

このコンビニはギルド会館近くということで街に来たばかりの人も利用するのか、入り口近くに
『王国通貨使えます』という貼り紙があった。

ついでに手数料無料で両替もしてくれるらしい。行き届いたサービスである。

これで夜食が買えないという心配がなくなった。

入り口は当然のごとく自動ドア。会館も転送施設も自動ドアだったし、これくらいじゃ今更驚かない。

店内にはラジオ放送らしい音楽が流れている。聞いたことのない曲だが、曲調は前世で聞いていたもののそれに近い。

棚の配置は日本で見たコンビニとほぼ同じだ。入り口近くに雑誌、生活用品、真ん中から奥に向かって菓子、インスタント食品、壁際には惣菜《そうざい》や弁当、そして飲み物用の冷蔵コーナーがある。食料品目当てで来たが、パンツなども買っておいたほうがいいのだろうか。

「ツナ、Tシャツとか買ったほうがいいんじゃない？　すごいことになってるよ」

「こういうところは高いだろうから、明日ちゃんと専門店に行くよ」

無駄金とは思わないが、安いほうがいい。半日くらいは我慢だ。日本と違って、この街なら血塗れでも捕まることはないだろ。

「さすがに雑誌はよく分からないね。死んだ後の連載とか気になってたんだけど」

「そりゃそうだろう」

雑誌類を見ると表紙はフルカラーで、写真のものも多く、かつて日本で見ていたものと遜色ない。書かれている文字も日本語やアルファベットだから、ほとんどそのままだ。

ただ、置いてある漫画雑誌などは、どれも見たことがないものだ。似ていても別物である。

もしも同じものが置いてあったら、地球と地続きであることを疑わなければならないが、それはないようだ。

「ちょ、ちょっと立ち読みしてきてもいいかな」

「あとにしろよ。連載途中から見ても分からないだろうし、先に飯食いたい」

「んー、分かったよ」

俺も日本で連載を追ってた漫画は読みたいが、ここに描いてる人がいるわけでもないんだし、それは諦めるべきだろう。

そもそも漫画が読めるというだけで驚愕の事実のはずだ。見た感じ普通に面白そうなので、心機一転して新しいものを読み始めるというのも悪くない。少し楽しみである。

そして気になることが一つあるのだが、日本のコンビニだったら端のほうに設置してあるはずのエロ本コーナーがない。これは一体どういうことなの。

まさかコンビニでは規制されていて、エロ本を読むなら専門の本屋に行けということなのか。今読む気はないのだが、残念な話である。

というか、今必要なのは雑誌ではなく食べ物だ。ここには用がない。

菓子や食品も、日本のものと似てはいても違うものだ。

カップ麺の種類が豊富なのは寮の横にあって独身者が多いからとかそういう理由でもあるんだろうか。あの部屋でダンジョンマスターが食べていたカップ麺も普通に置いてある。

地味に美味《うま》そうだし、個人的にはカップ麺などのインスタントでもいいのだが、お湯を準備する手段が分からないな。

おそらくレジの脇か寮に共用の湯沸かし設備があるのだろうが……。

「まさか、いきなりカップ麺にするの？　最初くらいちゃんとしたもの食べようよ」

「だよな。いくらなんでも味気ない」

とりあえずここは無難に弁当か惣菜を買って温めてもらうのがいいだろう。


「……うーん」

デザートの並ぶコーナーの前を通るとユキが唸《うな》りだした。

確かに甘味は惹《ひ》かれるものがあるが、こういうのは専門店のほうがいいんじゃないだろうか。広場近くのケーキ屋とか。

「……三つ……いや、四つ……」

食べるものを選んでいるわけではなく、食べる数を選んでいるらしい。俺とは次元が違った。

そして、本命の弁当コーナーだ。

数はそんなに多いわけでもない。せいぜいが日本の標準的なコンビニ程度だ。だが、それでも俺からしてみたら多い。

ハンバーグ弁当、唐揚げ弁当、海苔《のり》弁、ミックスフライ弁当、カツ丼やカレーもある。

正直、どんな弁当でも腹に入ればいいと思っていたのだが、こうして見ると目移りしてしまうな。

隅のほうに妙に安いゴブタロウ弁当というものもあったのだが、これは全力でスルーだ。何が入ってるか分からん。

「この街の食品添加物とかってどうなってるんだろうね？」

「……腐敗防止の魔法とかあるんじゃねーか？」

日本にいた頃も気にしたことはないが、この街でわざわざ防腐剤に代表される食品添加物が必要とは思えない。科学的な処理をせずとも魔法で何とかしてしまいそうな雰囲気である。

実際、使用されてる材料の表記はあるが、その中に添加物らしき名前はない。となると、コンビニ弁当でも自然食扱いなのだろうか。

「よし、じゃあ僕はせっかくだからこのハンバーグ弁当を選ぶぜ」

「そのネタはもういい」

赤くも青くもないし。

しかし、俺はどうしようか。正直、端から全部食ってもいいくらいだ。

だが、迷宮都市の物価が分からない以上、ここは節約すべきである。併記されている王国通貨の価格を見ても大して高くはないが、二つも三つも買ってはいられない。

パスタやパンでもいいのだが、どうせならご飯が食べたいな。

「……となると、やはりアレだろうか」

先程から視界の隅に入り続けている弁当。……いや、ゴブタロウ弁当ではない。

『巨人でも満足、限定一店舗一日十食、ジャイアントボリュームミックス弁当』と専用の宣伝が書かれた棚に置いてある巨大な弁当。

ボリュームミックス弁当という名前なら前世でも聞いたことがあるが、これは見た目の時点で既に驚異的なインパクトだ。

ハンバーグ、唐揚げ、コロッケ、エビ、ちくわなどフライ各種、豚の生姜《しょうが》焼き、鮭《さけ》、玉子焼き、ご飯は三段の海苔弁になっており、半分にはカレーがかかっている。付け合わせのパスタやポテトサラダはそれが既に一人前じゃないかという量だ。申し訳程度にお新香もある。

幕の内弁当のようにそれぞれが少しずつ入っているというわけではなく、それぞれがメインを張っているという体育会系の学生でも胃がもたれそうな内容である。

確かに高いが、せいぜいが他の弁当の三倍弱の値段。ボリュームだけ見るなら五倍はあるだろう。間違いなくお得だ。これは俺に買えと言っているに違いない。節約するつもりだったが、せっかくトライアルも突破したのだ。今日くらいは自分にご褒美をあげてもいいだろう。

俺は残り一つとなったその弁当に手をかけた。……というか、これを買う奴が他に九人もいるのかよ。

「重っ……」

それは既に弁当の重さではない。だが、今はこの重量が俺に満足を与えてくれる。

……一日以上何も食ってないのだ。巨人用だろうが入る入る。

◆◇◆

「とんでもないの買ったね」

いざ開けて食べる段になって、ユキは俺の弁当に度肝を抜かれたらしい。

その気持ちは分からないでもない。実は俺もちょっと後悔してる。なんでこんな化け物みたいな弁当買っちゃったんだろ、俺。

勢いというものは怖いものである。この上、レジ脇にあったおでんや肉まんに手を伸ばしていたら確実に腹が破裂していただろう。これだけでもヤバイのだが。

俺たちが弁当を広げたのは寮入り口のロビーだ。あまり騒がしくするのもアレだが、ここは電気もついてるし、小さいがテーブルもある。

部屋は防音が効いているし、普通に話す程度なら構わないだろう。

二十四時間開いているギルド会館のロビーで食べてもいいのかもしれないが、受付嬢さんとかに怒られそうだしな。

「そういえば、賭けの話だけどさ」

「…………」

箸を取り、蓋《ふた》を開けてさあ食べようかと意気込んだところで、不穏な台詞《せりふ》が聞こえた。

え、何？　聞こえない。


「……実際に蓋開けてみるとすげえな、この弁当」

「そういえば、賭けの話だけどさ」

ユキさんがスルーさせてくれない。


マジで？　この状態でお預け喰らうの、俺。

「そんな嫌な顔しなくても無効でいいよ。隠しステージでは、一人で戦わせちゃったわけだし」

「いやー、そうだよな。ユキさんがそんなひどいこと言うはずないよな」

ユキさんは話の分かる奴である。

気が変わらないうちに弁当を食べ始める。そりゃもう貪《むさぼ》り食う。なにこれ、超上手《うま》い。

「そんなに慌てて食べると喉に詰まるよ」

「大丈夫、大丈夫、そんな軟《やわ》な食道してない」

生ゴブリン肉だって通る鍛えられた喉と胃だ。

「あ、でも飲み物がないな。買うの忘れてた」

水分なしで平らげるにはキツイ量だ。コンビニとの間に自販機はなかったから、買いに行くか？

「流しに行けば水はあるけど、コップがないね……じゃあ、これをあげよう」

ユキは自分のコンビニ袋からお茶のペットボトルを差し出した。

「いいのか？　……いくら？」

「そんなにケチケチしないよ。あげる」

だってお前馬車でも干し肉くれなかったし、ダンジョンでも食料くれなかったし……オーク肉とおにぎりは貰ったか。

「もうツナは食べ始めちゃったけど、……トライアルは水差されちゃったからさ、お祝いに乾杯しよう」

「…………」

そうか。トライアルを突破したのにユキはまだ誰にも祝ってもらってないのか。

俺だって、おめでとうって言われたのは受付嬢さんくらいだ。ドライ過ぎる。

あんなに過酷なトライアルを突破したんだ。せめてお互いに祝うくらいバチは当たらないだろう。

結局、最後のゲートをくぐったのは俺一人で、ユキと一緒にトライアルのゴールを迎えることはないと思っていたが、こういうのでもいい。

「はい、じゃー乾杯。トライアル突破おめでとう」

「トライアル突破おめでとう。乾杯」

ペットボトルが合わさった鈍い音が鳴る。安っぽい音だが、悪くない。

これを俺たち二人のトライアルのゴールとしよう。

T S U N A

Character 01

Y U K I T O

Character 02

OVER THE INFINITE

F I L O S

Character 03

OVER THE INFINITE

G O W A I N

Character 04

R I R I K A

Character 05

OVER THE INFINITE

L E N E

Character 06

OVER THE INFINITE

KITSUKI
SHINGO

Character 07

MFブックス

その無限の先へ 2

発行　2015年11月30日　初版第一刷発行

著者　二ツ樹五輪
発行者　三坂泰二
発行所　株式会社KADOKAWA
〒102-8177　東京都千代田区富士見2-13-3
0570-002-001（カスタマーサポート）
年末年始を除く平日10:00～18:00まで
印刷・製本　株式会社廣済堂

ISBN 978-4-04-067966-2 C0093

http://www.kadokawa.co.jp/

企画　株式会社フロンティアワークス
担当編集　丸山朋之（株式会社フロンティアワークス）
ブックデザイン　草野剛（草野剛デザイン事務所）
デザインフォーマット　ragtime
イラスト　赤井てら

本書は小説投稿サイト「小説家になろう」（http://syosetu.com/）初出の作品を加筆の上書籍化したものです。

ファンレター、作品のご感想をお待ちしています

宛先
〒102-0071　東京都千代田区富士見2-13-12
株式会社 KADOKAWA　MFブックス編集部気付
「二ツ樹五輪先生」係「赤井てら先生」係

二次元コードまたはURLご利用の上
本書に関するアンケートにご協力ください。

http://mfe.jp/fsn/

●スマートフォンにも対応しております（一部対応していない機種もございます）。
●お答えいただいた方全員に、作者が書き下ろした「こぼれ話」をプレゼント!
●サイトにアクセスする際や、登録・メール送信時にかかる通信費はご負担ください。